中央文史研究馆馆员文丛

赵仁珪 著

土水斋诗文选二编

中华书局

图书在版编目(CIP)数据

土水斋诗文选二编/赵仁珪著. —北京:中华书局,2022.10
(中央文史研究馆馆员文丛)
ISBN 978-7-101-15875-5

Ⅰ.土… Ⅱ.赵… Ⅲ.①诗集-中国-当代②散文集-中国-
当代 Ⅳ.I217.2

中国版本图书馆 CIP 数据核字(2022)第 161817 号

书　名	土水斋诗文选二编
著　者	赵仁珪
丛书名	中央文史研究馆馆员文丛
责任编辑	许旭虹　高　原
责任印制	管　斌
出版发行	中华书局
	(北京市丰台区太平桥西里38号　100073)
	http://www.zhbc.com.cn
	E-mail:zhbc@zhbc.com.cn
印　刷	三河市宏达印刷有限公司
版　次	2022 年 10 月第 1 版
	2022 年 10 月第 1 次印刷
规　格	开本/920×1250 毫米 1/32
	印张 10¾ 插页 2 字数 181 千字
国际书号	ISBN 978-7-101-15875-5
定　价	78.00 元

自序一

  "土水斋"者何谓也？余师启功元白先生终前于某文曾郑重称余为"朋友"，并引利玛窦之言曰："朋友非他，我之半也。"先生之书斋曰"坚净居"，乃取所藏康熙之砚铭"一拳之石取其坚，一勺之水取其净"。余爱取"坚"之小半"土"，"净"之小半"水"，而命余之斗室曰"土水斋"。余于先生万不及一也，更不敢真以先生之半而自居，命此名者，仅表追慕之深、自励之坚也。

  余素性驽钝，学业浅薄。"史无前例"之后方借第一届研究生之科名得投启先生之门下，真正走上古典文学研习之路，时年已三十六矣。余半生坎坷，命途多舛，得遇先生真如半朽之树忽沐三春之雨露，绝路重生矣。余深知此乃天赐良机，当万分珍惜，而先生亦"怜我差堪教"，不鄙余之拙陋愚笨，悉心以教我。余于课下，尚喜吟诗填词，偶有芜陋之作便呈先生哂正；而先生得此，其喜过于收到一篇论文，必悉心指导。盖先生一贯力持研究古典文学必须亲予创作,如此方能知其中之甘苦与深浅,方能敬畏前贤,尚友古人。毕业留校后,余亲炙之机会更多,尤其自上世纪 90 年代后,余在协助先生注释《论书绝句》一百首、《启功韵语集》,编著《启功讲学录》《启功口述历史》诸书中更得以长期深入地走进先生之世界,且为先生之博大精深、才高学赡所倾倒。余尝想,苍天终是有眼,赐余后半生能得此间世之英为良师,令余得以见识何谓大家名师之风范,何为登堂入室、如沐春风,此真余三世修来之福分。先生亦有较充分之时间为余施以独特之教育——“熏”,在看似漫无边际的海聊神侃之中,将学问与做学问之方法“随风潜入夜,润物细无声”般地传授于你。此种传授,不触不悖,非关书也,非关理也,可谓真谛真传。惜乎小子愚钝,仍仅得其皮毛,有愧先生之苦心孤诣。

　　在师生授受之间,诗文创作所占之比例尤多。余每有陋作,常迫不及待地呈予先生。先生或读或听,每遇较佳之处,或以手拍案,或鼓掌击节,时而竖起右手之拇指,由胸前向外翻出,连连称好,以示鼓励;若遇不妥处,先生常以铅笔划出,或注明此处“宜作”如何,以示商讨而非强制之意;若遇余以痴愚之常理解诗论诗时,先生亦尝效仿其师陈爱庵先生伸出食指警戒曰“尔又迁也”,以示棒喝之意。噫!此情此景于先生逝世多年之后非但不忘,且愈加清晰亲切,历历在目,犹如昨日也。噫!先生教诲之恩可谓天高地厚矣,无先生之教诲,无有余今日之诗文;无先生之教诲,无有余之今日,余何以报之!

今适逢先生诞辰一百周年，而余亦进入古稀之年。为感念先生谆谆教诲之恩，为自予多年诗文创作一交代，余特将1978年读研究生以来之诗文创作加以整理，由近四百首诗、数十篇文中选出一百六十首诗、十九篇文，编为《土水斋诗文选》一书，并谨将此书献给敬爱的启先生，以表达对先生不尽之思念。望先生在天之灵读到可喜者再次笑许我，读到存疑者继续指教我，读到泄气者仍然棒喝我，先生之一笑一颦都是对我最大之鼓励与奖掖，余将翘首以待，稽首受教。

又，余既随启先生学诗，自然在处理某些问题如押韵、平仄时谨守先生之教。先生曾将自己之主张形象化为："用韵率通词曲，隶事懒究根源。但求我口顺适，请谅尊听絮烦。"概而言之，即平仄须严守，押韵可放宽。余之诗多有押今韵者，不再谨守平水韵，但力求遵守平仄格律。如遇古入声而派入平声者，亦以谨守平仄格律为准，即按格律此处当为仄声者，则按古音读为入声；当为平声者，则按今音读为平声，只要在一首之中勿时按古音读、时按今音读即可。如遇特殊情况无法严格遵守格律时，亦只好采取"不以词害意"之做法，只是尽量减少这种情况而已。幸大雅君子，容之谅之，多加指教，余亦不再一一加以注释说明矣。

　　　　　　　　2012年元月赵仁珪谨识于土水斋

自序二

2011年我将自己的《土水斋诗文选》(后简称初集)交付线装书局自费出版,内容包括自改革开放以来到我七十岁之前的诗文习作。因自知水平有限,纸质书又销路不畅,故只印刷了很少的数量用来分赠亲朋诗友。不料有些人读后评价颇高,这大大激发了我的创作热情,准备在十年后再出版一本"续集"。开始两年还算顺利,陆续写下了一些作品。但不幸的是好景不长,我的身体连遭重创。先是左腿髌骨粉碎性骨折,手术后恢复不佳,只能跛着腿寓居在家,不但写不了旅游诗,而且似乎再也找不到作诗的机遇与心境。不久又患眼底黄斑出血症,视力极度减退,以致书也看不得,电视、电脑、手机更用不得。于是似乎与世界、与周围的一切都隔绝了,不但作诗的兴致、激情没了,而且好像连构思诗意的翅膀都像断了线的风筝那样难以起飞了。当然,这期间或出于某些活动的需要,或出于朋友之约,我仍然写了一些诗文,只是深感诗思窘迫、笔力艰涩,创作能力与水平大不如前了。

虽然如此,我仍然想把"续集"中未尽的这些拙作与"初集"合编在一起,作为一生诗文创作的汇总,因为自知是到了该收官的时候。古人云"'自'家文章",俗语云"文章都是'自'己的好"、"'自'家孩子'自'家爱",凡人都很难超脱于此。我亦凡人也,虽不齿于"'自'卖'自'夸、'自'吹'自'擂",但对自己的作品总有一份"孤芳'自'赏、顾影'自'怜、敝帚'自'珍"难以割舍的人之常情。于是决定将"续集"与"初集"重新组成为"二编",为了说明出版此书的初衷,权且就用这些'自'我解嘲的话作为此书的"'自'序二"吧。

　　　　　　　　　　　　　　　　　　2022 年春

目　录

诗词选

杂题诗

文　选

诗 词 选

旅游诗

旅游书怀（代旅游诗之总序）

平生山水最心仪，半为风光半为诗。
每遇奇观惊四顾，辄寻佳句费三思。
由他睡梦归车稳，正我推敲选韵迟。
片纸零笺投锦袋，灞桥驴背可相期。

注：此诗作于 2004 年 10 月游贵州时。

游学诗

壮 游（代此组之序）

万里行程万卷书，书生自古必双修。
峰前矫首临风快，湖畔搜肠觅句愁。
欲借前贤五彩笔，重裁苏子黑貂裘。
奈何已是中年后，初出茅庐始壮游。

杜甫草堂

万里风尘奠像前，瓣香怎敌片心丹。
忧心总向疮痍世，诗卷长留天地间。
多少贼王争宇内，几番血雨洗中原。
谁能饱蘸万民泪，秉笔如公写续篇。

登玉垒山二王庙观都江堰

登攀玉垒望都江，一树平铺遍蜀乡。
派注千流原野绿，泽流两岸稻花香。
二王耗尽终身血，百姓奉还万代香。
回首古今皇苑地，空余金壁或残墙。

　　注：二王，李冰父子。　　"一树"句，都江堰从上游分流而下，且越分越多，越分越广，俯瞰如大树状。

江行诗兴

造化欲得墨客夸，劈山引水自天涯。
逗开诗兴知多少？恰似船头劈浪花。

夜航，时经巫峡至西陵峡

西陵乱水没残阳，别样风光待夜航。
岸影沉沉江渐阔，浪花絮絮水收狂。
半轮明月舷左右，一道金鳞水中央。
不是舟人轻夜语，只疑身已在仙乡。

　　注：第三联上下拗救。

太湖畔漫步

一堤金橘绕碧湖，水流千道遍姑苏。
桥桥侧畔渔舟泊，篓篓飘香贮雪鲈。

四川组诗

郊　行

一川绿野到天涯，时有青山郭外斜。
最喜竹丛苍翠处，茅檐掩映是农家。

游乐山，夜宿拥翠楼

暮色邀人宿翠隈，小楼夜语烛成灰。
龙吟细细方催睡，诗句难裁梦又回。

注：龙吟，竹声也。是夜停电，只得以蜡烛照明，颇富
情趣。

珍珠湖瀑布群

三千素甲鼓喧豗，八万银驹动地雷。

赴敌何须听将令，各争地势逞神威。

游黄龙

名川随处有"黄龙"，此处风光多一重：
恰似西洋金发女，轻拂碧水弄姿容。

返蓉城

黄龙渐渐隐重云，九寨涛声已不闻。
世外仙游三五日，回身滚滚又红尘。

八月十一日由重庆登天绣轮夜航长江

冥冥夜幕冥冥山，四面逼来欲碎船。
他只昂头劈浊浪，湍飞万箭射危舷。

夜经白帝城

岸上忽然灯火明，舟人遥指永安城。
大江东去浪淘尽，转瞬唯余三两星。

注：白帝城有永安宫，刘备死处。

溯大宁河游小三峡，水皆碧绿，迴异长江而有如九寨

身绕巫山一段云，借来九寨碧罗裙，
幽洁不肯随阿姊，避在深山更动人。

别三峡（效民歌体）

小姑明日嫁彭郎，父老相携送别忙。
纵使夫家能善待，可怜脱却女儿装。

注：此首实为三峡工程即将动工而作。　苏轼诗有"小姑嫁彭郎"句。

题黄龙五彩池

瀑水随形乱地流，时时贮满小池头。
天公画罢曾抛笔，染得满山五彩柔。

漫步黄龙松林

四面松坡翠映眸，鸟声花气助清幽。
奔淙无赖如群犬，到处扑人任意流。

九寨水（调寄水调歌头）

九寨甲天下，瀑"海"最称先。瑶池相约银汉，携手落人间。渟蓄幽深如镜，倒映白云翠嶂，参差可比勘。绝壁飞银甲，咆哮欲崩山。　　翡翠碧，鸭头绿，孔雀蓝。画工到此，愁杀五色太天然。待到金风送爽，红叶青山相乱，波影更斑斓。青莲生今日，投水即成仙。

注：海，当地称湖为海。　青莲，李白。

雨中游青城山

盘桓山下雨蒙蒙，攀到山头岚霭浓。
不论是岚还是雨，青城树海更葱茏。

谒武侯祠口占

龙吟细细，凤尾修修。千年灵秀，护佑武侯。
功盖三国，泽被九州。七纵六出，大略是谋。
一吟两表，忠心可剖。鞠躬尽瘁，五丈原头。
后人来谒，无不歌讴。配享先主，香火反稠。
民心所向，铁笔春秋。

注：一吟，指诸葛亮所好之《梁甫吟》。

乐山大佛偈

我佛辛苦，栉风沐雨。我佛庄严，端坐水浒。
我佛慈悲，指点津渡。一经指点，便当觉悟。
一旦觉悟，便生乐土。乐土乐土，谁当作主？

夜宿武侯祠内碧草园

森森碧草堂，鱼戏小回廊。秋影凝零露，鸣禽入夜窗。
松篁清韵永，荷桂暗魂芳。瞻拜庙堂后，幽幽梦武乡。

注：松篁清韵，乃园内勒石之额。　武乡，即"武乡侯"，"武侯"实乃其简称也。

游雅安上里古镇

清江九曲抱山流，一路茶香远近幽。
忽见檐楼临水聚，小桥石蹬古风犹。

游蒙顶山

万亩茶园锦绣堆，年年雅雨绿山隈。
我来万里朝蒙顶，带得清香缕缕归。

注：蒙顶山位于名山县，已被公认为茶之发源地。而

"蒙山顶上茶"之所以闻名天下，得益于"雅安三宝"——雅鱼、雅雨、雅女之雅雨也。

新疆组诗

题交河故城遗址

交河依旧绕城流，一曲能翻万古愁。
饮马黄昏人不见，残垣败堵立深秋。

注："饮马"句，李颀有诗云："白日登山望烽火，黄昏饮马傍交河。"

题高昌故城遗址

断墙三五里，曾是帝王家。关隘坚如铁，人烟密似麻。
一朝驰战马，遍地卷黄沙。东土重来客，登台独自嗟。

注：据说玄奘从东土取经，曾到过高昌故城遗址。"嗟"，读如家。

游天山三首（调寄忆江南）

天山好，到处是长松。坡暖风摇翠袖女，峰寒雪聚白头翁。四季一山中。

天池好，一镜碧如天。岸影倒铺松柏绿，波光深贮宝石蓝。白练绕山间。

天伦好，处处是家乡。一领毡篷居老幼，几鬃老马牧牛羊。阵阵野炊香。

飞别天山（调寄采桑子）

今生了此平生愿，西出阳关。大漠孤烟。羁客披襟心亦宽。　　一声长啸腾空去，别了天山。飞入云端。不禁思潮滚滚翻！

祝"世纪之交中国古典文学及丝绸之路文明国际研讨会"在新疆乌市成功落幕

文坛指点待群贤，一顾匆匆又百年。
莫讶此番多远见，只缘相聚在天山。

游福海二首（调寄如梦令）

昨夜鲜蘑驼肉，今日肥鱼美酎。漫步银沙滩，迎面湖风盈袖。享受，享受，别样山清水秀。

福海柔波洄洯，鸟岛细沙丛簇。泛起一轻舟，驶入苇塘深处。如诉，如诉，悦耳相鸣鸥鹭。

夜宿喀纳斯湖畔毡房（调寄如梦令）

帐内鼾声如吼，帐外清溪奔走。恼喜不眠人，月下徘徊良久。仰首，仰首，细数满天星斗。

翻越天山

北疆一望戈壁滩，南疆茫茫大草原。
中间一线天山脉，乱峰刺破白云天。
山坡连嶂松林密，山下潺潺雪水湾。
高处巉岩成五色，更有长年冰雪巅。
山风一起冻生栗，骄阳乍射汗涟涟。
寒温生态布一岭，冬夏倏变在一山。
怀抱巴音布鲁克，君临塔克拉玛干。
美有丰茂纳拉提，险看雄伟铁门关。

游人到此赏奇景，无不抚膺坐长叹。
坐长叹，真是中华大奇观！

纳拉提草原与天鹅湖

水肥树茂纳拉提，牧场连山草陆离。
花不知名各有色，水无定势自成溪。
蓝天愈显冰峰伟，古木增添翠嶂奇。
最喜天鹅湖畔美，任君试马纵霜蹄。

黄山组诗

迎客松

一松傲立绝壁，一线人如蚁蜂。
不是松迎游客，游人争拜奇松。

黄山烟云

三十六峰奇幻，云涛烟雾蒙蒙。
一阵清风吹过，又添对面一峰。

千岛薄暮

四面青山环绕，渔人闲棹归舟。
独眺平湖晚照，诗情顿涌心头。

广西组诗

桂林印象（调寄燕归梁）

天姥临窗梳玉鬟，失手碎妆奁。金钗宝镜落人间。镜作水，钗作山。　　更将珠钏作碧浪，流阳朔，绕奇巅。青山绿水两流连。作几日，地行仙。

谒柳侯祠

每读河东每不平，苍天何不祐英灵？
空怀社稷千秋业，徒落蛮荒万里行。
功过当时难定论，文章后世有公评。
吾今不惜奔波苦，只为祠前慨一声！

漓江写生

水展青罗带，山排碧玉簪。新晴波潋滟，细雨影婵娟。
江曲柔难画，峰奇秀可餐。渔舟归唱晚，逝入武陵源。

再咏桂林山色

天帝对弈罢，失手翻棋盘。满天黑白子，纷纷落人间。
一经漓江染，粒粒变青山。山势如棋势，布局仍联翩。
或簇博生死，相斗两龙蟠。或疏如初始，小飞跳单官。
叠彩稳守角，伏波配小尖。象山遥相应，独秀镇天元。
天帝回眸笑，妙局非偶然。赠予人间客，千秋万代传。

　　注：叠彩、伏波、象山、独秀，皆桂林山名。

游北海银滩

人间寻胜地，何必到蓬瀛。北海三围碧，银滩一线横。
晴光摇日影，夜梦响涛声。鸥鹭联翩去，诗情滚滚生。

　　注：北海市三面环海，沙滩为银白色。

珠澳组诗

游珠海情侣大道

百里长堤信步游，华灯初上海风柔。
遥怜两两鸳鸯侣，悔我如今已白头。

注：珠海市有四十公里长的海滨路，名为情侣大道。

访中山故居翠亨村

绿水青山曲径深，万人争谒翠亨村。
良田世耜增新绿，酸子亲栽聚旧阴。
毕竟英雄羞垄亩，果然只手转乾坤。
狐鸣故里知多少，千古巍峨独此尊。

注：中山故居后有祖产稻田二亩余，至今不废。前有酸
子树一棵，乃中山手栽者。　狐鸣，见《史记·陈涉世家》，
此代表率众起事者。

澳门印象

繁华大都市，居然一弹丸。路无百尺直，道只丈余宽。
纡折随山转，屈曲似龙蟠。慢上如爬蟹，急下似惊湍。
高楼相矗立，对面或可攀。门窗相向对，不可共开关。
香火虽繁盛，庙小只一间。些许开阔地，自然成公园。
园内常见景，亭阁配喷泉。虽乏恢弘气，游者莫长叹。
麻雀虽云小，五脏亦俱全。商店如林立，处处可美餐。
各类博物馆，展品颇可观。况有大赌场，一掷过万千。
朝夕百步走，径上望洋山。凭栏一远眺，景色亦天然。
尚有二离岛，凼仔与路环。海桥凌空跨，青山镇海湾。
驱车登绝顶，茫茫海接天。小中可取大，闹中可取闲。
所以旅澳者，居此数百年。但愿新世纪，国泰且民安。

庆祝澳门回归（调寄沁园春）

秀丽澳门，南海明珠，熠熠濠湾。望松山灯塔，高标崖畔；莲峰古刹，静卧山巅。地杰人灵，物华天宝，何故蒙尘四百年？逢新世，庆一朝洗雪，合浦珠还。　　　还来自有容颜。集中外文明一市间。有圣母堂前，钟声穆穆；妈阁庙里，袅袅香烟。漫步街头，重楼叠宇，恰似投身万国园。从今后，为九州一轨，再创明天。

香港组诗

维多利亚湾五首（调寄忆江南）

泛　观

港龙美，最美女皇湾。碧海如绦环远岸，高楼若箸插前山。过往竞游船。

注：港龙，谓香港、九龙，中隔海湾，以维多利亚女王命名。

夜　景

海湾美，灯火舞飞龙。近岸蜃楼出海市，远山萤火接苍穹。瑟瑟半湾红。

雨　景

海湾美，静望雨帘中。楼影依稀贴远岸，山痕杳渺隐烟空。惟有涛声洪。

寄　情

海湾好，遗爱抚心灵。飒飒海风吹别绪，悠悠海水寄乡情。无语且徐行。

告　别

吾行矣，临别一回眸。纵想携同千载住，无方剪取一湾流。从此梦中游。

无奈（调寄一剪梅）

日数归期倒计程。熬谢春花，盼老秋风。多愁最是病中时，孤苦伶仃。小窗昏灯。　　诗笔频拈写不成。断了思维，没了激情。伤心只有枉凝眸，瘦了身形。空叹几声。

礼大屿山宝莲寺大佛

叠嶂烟波处，端居坐宝莲。庄严天下仰，神圣万民瞻。
金体山般耸，心胸海样宽。香烟三炷短，诚意一心虔。

香港印象

一　街市

君到香港看，遍地是高楼。前后相掩映，高低互杂糅。
楼盘颇狭窄，楼高争上游。恰似筒中箸，又如笙之头。
更像炉中香，参差不相侔。亦有恢弘者，角张而心钩。
一篇阿房赋，何以概其周。马路环楼绕，狭曲如裂沟。
车常擦肩过，迅疾风飚飑。巴士最奇特，沿梯可上楼。
临风观街景，其乐何悠悠。夜景最可赏，万家灯火稠。
霓虹翻飞舞，满街光彩流。岂止不夜城，竟是火龙州。
行人密如蚁，熙攘何所求。充耳赅舌语，骚瑞兼哈喽。
所幸管理好，相安各自由。交通甚便捷，出门不须愁。
北人来到此，无不叹其优。何时能效仿，勿令国人羞。

二　商店

身为自由港，商业最繁忙。街市似蛛网，商店如蜂房。

既有老字号，更多是洋行。进入大商厦，疑是到阿房。
厅堂何宽广，金碧争辉煌。内设娱乐场，购物且乘凉。
即使三伏日，犹到北冰洋。蜿蜒连左右，岂止有回廊。
更有自动梯，上下如龙翔。绵延十数里，才可遍徜徉。
时时迷方向，踟蹰且彷徨。商品虽云美，天价实难偿。
唬得天下客，瞠目口舌张。不如逛小店，货品亦琳琅。
日日大甩卖，开业或清仓。如我无欲客，诱惑也难当。
今日买电器，明日置衣裳。一月两三万，转眼开销光。
十月何所得，衣物两三箱。来时本穷酸，归时亦寒伧。
不如寒舍里，读书写文章。何必劳此行，有如梦黄粱。

三　餐馆

香港餐饮业，生意最兴隆。酒楼密如林，食客多于虫。
早茶到宵夜，走马排长龙。中西南北菜，风味各不同。
饕餮全烧烤，斯文小蒸笼。时蔬颜色美，海鲜味道浓。
不见饮烧白，偶有品干红。煲汤总先例，香茗贯始终。
食客埋单去，老板含笑容。港人乐不疲，我偶厕其中。
食物虽云美，食欲却难同。提箸思亲友，把盏叹秋风。
不如回家去，烙饼卷大葱。妻孥促膝坐，其乐何融融。

注："把盏"句，张翰闻秋风起，思家乡之莼羹，竟辞官
归隐。

重庆组诗

游钓鱼城

钓鱼城险扼三江，曾是当年旧战场。
丛草锻成长剑戟，群松筑就铁城墙。
岂延宋祚卅余载，更励国魂千古光。
十万英灵今尚在，年年遍地野花香。

注：钓鱼城乃南宋时四川军民抗击元军入侵之要塞，十万军民在王坚等人领导下于此坚守三十余年，击毙蒙古大汗元宪宗蒙哥，迫使忽必烈撤军争夺帝位。钓鱼城要塞由此享誉世界，欧人尤景仰，因缓解蒙古侵欧之进程也。

与钟振振、熊宪光教授、宁登国先生同游缙云山

缙云山上雾沉沉，化作沾衣细雨匀。
青岭含羞遮锦幄，黛湖弄秀展罗裙。

温泉汩汩流诗意，竹海潇潇细论文。
遗恨尘俗催走马，不能携手访白云。

山西组诗

咏悬空寺四首（调寄忆江南）

悬空寺，嵌在峭崖间。势若飞龙盘北岳，绚如叠彩绕恒山。海市化山岚。

悬空寺，人巧胜苍天。飞栋穿插承峻宇，危杆错列拄飞檐。安稳越千年。

悬空寺，栈道九连环。窄不容人行似蟹，陡难驻足陟如猿。不敢久凭栏。

悬空寺，参拜如参禅。三界三尊三净土，一阶一境一华严。顿觉寸心宽。

注："三界"句，悬空寺供奉释伽、孔子、老子。佛家有事净、相净、真净三种净土。

2002 年 10 月

平遥怀古

一代繁华过汴梁，城门古辙记辉煌。
三官平准蔚丰厚，九府汇通日升昌。
商运奈何频战乱，新萌无可总风霜。
如今只惹游人叹，静卧秋风对夕阳。

注：平遥有日升昌、百川通、蔚丰厚等票号，实为中国民办银行之滥觞。百川通票号楹联有句云："九府货泉资利赖，三官平准试经纶"，日升昌票号楹联有"中西汇兑一纸风行""怎比票庄一纸汇通天下"之语。　三官，汉代掌铸钱的三种官。　平准，古代转输物资、平抑物价的措施。　九府，周代掌管财务的九种官员。

登新建之鹳雀楼怀古

诗人二十字，远胜百寻楼。楼固千年毁，诗佳万代留。
凭栏眺落日，品句豁清眸。欲驾黄河水，挟风天际游。

题黄河铁牛

天下之牛此最牛，力牵铁索驾浮舟。
功成身退犹神武，锁住黄河脚下流。

题普救寺

少林变作演兵场，普救沦为风月乡。

色是空来空是色，佛陀一笑且承当。

注：普救寺乃西厢记杂剧发生地，寺内布置、气氛大有被喧宾夺主之势，故题诗以讽。

重游五台山

未到台怀镇，已闻梵呗音。吉光丽飞宇，瑞气绕长林。

宝铎传空谷，清风涤躁心。瓣香菩萨顶，心逐五台云。

晋祠怀古

殿枕飞龙势自横，氤氲王气紫云蒸。

飞梁曲沼泉难老，周柏唐槐色不更。

一叶封圭国有信，三家裂土史无情。

王侯陵替知多少，唯有祠铭照汗青。

注：晋祠背靠飞龙山，内有"飞梁曲沼""难老泉""周柏""唐槐"及唐太宗撰文并书的"晋祠之铭"碑。"一叶"句，用周成王桐叶封弟之典，见《史记·晋世家》。"三家"句，为韩、赵、魏三家分晋。

韶关组诗

祭张九龄

天宝贤臣殿曲江，直言谔谔谏明皇。
胡儿未叛知藏祸，妃子新亡悔断肠。
风度周郎堪媲美，诗才阮步敢争光。
韶关古道经沧海，岁岁山花祭瓣香。

注：张九龄，韶州人。据《新唐书》卷一二六载：天下称其为曲江公而不名云，谔谔有大臣节。玄宗每用人必曰："风度能若九龄乎？"安禄山未叛时，张九龄即曰："乱幽州者，此胡雏也。"又谏曰："禄山狼子野心，有异相，宜即事诛之，以绝后患。"玄宗不听。后果乱，玄宗避乱蜀中，思其忠，为泣下，遣使祭于韶州。　阮步，即阮步兵阮籍，张九龄《感遇》十二首即效仿阮籍《咏怀》八十二首。

题南华寺后卓锡泉参天古树

曹溪滴水育千乔，古干青枝耸碧霄。
恰似遮衣犹护法，钟声梵呗满堂飘。

六祖赞（调寄鹧鸪天）

一颂金刚顿破关，劈柴担水任天然。
三更月下五灯续，一偈廊间万古传。
肉边菜，心中幡，我心如是乃真禅。
自从顶礼南华寺，撒手逐风天地宽。

重游南华寺，寺内有二菩提树，为之赞

九曲曹溪泛瑞光，千年古木护禅房。
菩提树下清风起，胜似毗卢设道场。

重游肇庆南华寺，再品庆云寺之素斋

肇庆前尘已十春，鼎湖旧忆只鸿痕。
难忘最是庆云素，万里重来只为君。

江西组诗

雨中谒辛墓（调寄浣溪沙）

墓在距上饶百里之遥永平镇南陈家寨荒山之上，余无以为奠，采路边野花一朵，敬献墓前。

古冢荒坟草木蕃，路遥不碍后人瞻。天公有意助悲欢。　细雨寒风山坳里，拖泥带水野田间。秋英一朵奠茔前。

百人雨中祭辛墓（调寄浣溪沙）

墓距公路尚三里许，与会百人只得张百顶雨伞迤俪鱼贯于细雨秋亩之中，亦古今一大奇观也。

百里驱车越远村，稼轩古墓雨中寻。野人笑讽意何深。　且看百人排雁阵，更张百伞献花魂。英灵感召后来人。

访鹅湖书院（调寄浣溪沙）

　　鹅湖书院建在铅山（当地读为"盐山"），即旧之河口镇。历史上以两次鹅湖之会闻名。一为朱熹与陆九渊厘定理学之会，一为辛弃疾与陈亮议政论兵之会。余对朱陆于国事维艰之时只知一味提倡正心诚意之说并不以为然。

　　厅舍堂庑古色香，百年书院泽流长。幽幽翰墨尚遗芳。　　纸上谈兵空有志，心诚救国近荒唐。且看今日好文章。

访滕王阁

江南第一楼，雄镇古洪州。飞阁层檐耸，平波束带流。废兴频替代，诗序亘存留。凭吊回廊下，徘徊怅晚秋。

　　注："诗序"，谓王勃之《滕王阁序》。

云南采风

版纳风情

君来版纳看，到处绿油油。寨寨释迦殿，家家吊脚楼。
野蔬随手采，瓜果自然熟。泼水迎佳节，风俗第一流。
　　注："熟"读为"收"之阳平。

纳西古城晚酌

竹楼青瓦晚风凉，花木扶疏入小窗。
野味山肴杂古乐，板桥溪水助流觞。

观虎跳峡

一头黑虎锁白龙，敌我相逢峡谷中。

浪自长激石自固，朝朝暮暮斗雌雄。

注：峡在金沙江上，宽只三四十米，一黑色巨石踞于峡口，水石相激，甚壮观也。

听纳西古乐（古乐中有浪淘沙曲，即以此为调）

韶乐落谁家，丽水金沙，一台耆宿奏奇葩。大吕黄钟出妙手，琴瑟琵琶。 古曲特堪嗟，首首皆佳，子期有幸遇伯牙。宋调唐风元散曲，再现中华。

注："嗟"，读如家。

游大理（调寄浪淘沙）

大理美名传，洱海苍山，重峦叠嶂似龙蟠。水影天光同一色，鸥鸟飞旋。 证史越千年，三塔连环，宋挥玉斧已云烟。喜看各族和睦处，春色无边。

注："宋挥玉斧"乃大观楼长联句，意为宋时一度将大理版图划为中国之外。

春城偶感

春城无处不飞花，湖绿天蓝蕴物华。
鸥鸟也知风水美，年年相聚自天涯。

登大观楼后驱车数十里再游滇池

万顷烟涛育古滇，云檐高耸阅千年。
何时池水重拍槛，重现当年一大观。

注：大观楼本建于滇池畔，"文革"中滇池被围海造田，与大观楼已隔绝数十里矣。

题玉溪县聂耳广场

剑胆琴心慨陆沉，狂飙一曲震乾坤。
强音威慑倭酋胆，高唱振兴华夏魂。
战场如鸣金鼓促，平时犹奏凯歌频。
英灵不远藏东海，万里扬波欣可闻。

注：聂耳，玉溪人，故此地建有聂耳音乐广场及纪念馆。

滇西抗战赞·拜谒腾冲国殇烈士陵园、参观滇缅抗战博物馆有感（调寄沁园春）

古塞边城，抗战名邦，英勇腾冲。昔滇缅公路，国家命脉；驼峰航线，生死时空。九隘八关，怒江两岸，万众一心敌忾同。凭双手，敢开天辟地，个个愚公。　　铁军铸就光荣，我忠勇男儿唱大风。曾挥师缅甸，力拼倭寇；血流焦土，气贯长虹。不朽英灵，青春血肉，铸就长城烽火中。青松下，看行行碑碣，犹似冲锋。

注："九隘八关"是当地人对当地形势的概括。　大风，刘邦《大风歌》："安得猛士兮守四方。"　焦土，为收复宝山、腾冲等失地，这些城市皆被夷为平地，史称"焦土抗战"。

游西双版纳植物园

天下奇葩为逞芳，相邀斗艳聚西双。
草沾灵性闻歌舞，花散馨香引蝶忙。
龙血黄蝉匝地满，芭蕉棕榈蔽天长。
画家长叹齐收笔，造物神功岂可方。

注：龙血、黄蝉皆为园内名花。

游西双版纳傣族园并晚宴

一年四季春，异木遍山村。竹舍沿花径，清泉穿密林。
俗尊远古制，语软异方音。歌舞侑佳酿，相将扶醉人。

侨乡斋农庄晚宴

幽幽深巷小山庄，花木扶疏满院香。
酒不醉人人自醉，满天星斗入轩窗。

游丽江、束河古镇

金沙丽水城，天地注钟灵。古辙通深巷，小楼迎柳风。
开轩落花雨，依枕醉溪声。会得欣然意，陶潜遇武陵。
　　注："会得"句，陶渊明《五柳先生传》："好读书，不
求甚解，每有会意便欣然忘食。"《桃花源记》："晋太元中，
武陵人捕鱼为业。"

贵州组诗

夜饮观瀑楼

抵达黄果树宾馆前一晚，先饮于前街之观瀑楼餐厅，其后窗直对黄果树大瀑布。

观瀑楼头凭小窗，仰无星月夜茫茫。

且听天外飞湍水，意兴风发助酒香。

观黄果树瀑布

虎啸龙吟惊四野，跳珠倒溅射三山。

钱塘素甲跌深谷，荡作柔波十八滩。

注："钱塘"句，语出枚乘《七发》。

游黄果树瀑布下游天星桥景区

树梢岩壁瀑成群，九曲苔阶绕水滨。
借得"石林"移"九寨"，妒休天下好园林。

游荔波大七孔、小七孔，
因当地各有一座七孔桥也

跳脱涧水碧如蓝，绕过青山十八盘。
古木通幽岚出洞，游人且作小神仙。

安徽组诗

游三河古镇（调寄水调歌头）

皖北风光好，古镇更幽然。白墙灰瓦交错，高脊出飞檐。老屋苍颜犹在，窄巷夕阳依旧，绿水尚潺湲。漫步青鳞路，足迹证千年。　　过石拱，登高阁，且凭栏。三河形胜，稻香麦浪逐风翻。遥望巢湖浩渺，回首天穹一脉，圣地大别山。祝颂民风永，愈久愈新鲜。

注：三河属合肥市，为三河汇流之处。镇中道路皆用青石板铺成鱼脊形。有望湖楼一座，颇雄伟。

访黟县西递、宏村古村（调寄水调歌头）

西递古村落，迎客矗牌坊。宏村更蕴灵秀，荷藕满湖塘。近水远山相映，添得白墙灰瓦，四下散清香。坐落武陵里，增色好风光。　　青石路，小天井，彩雕梁。门前流水，屋脊相隔马头墙。最喜佳联额匾，犹带明清古韵，户户挂高堂。致富追儒雅，指点话徽商。

注：黟县据当地人考证即陶渊明所记武陵人所发现之桃花源。宏村外有很大一片池塘，称"南湖"。徽派建筑，家家屋脊相连，中建一堵两三层、下宽上窄之扁方形白墙灰瓦之隔壁，外角处略带飞檐，称为"马头墙"，可以起到防火之作用。因户户屋顶相连，为采光起见，皆在屋顶处开一小天井。房屋皆为木结构，讲究之人家多以银杏树为梁柱，且在上面镌刻一组组精美之木雕。

宣纸铭（参观宣城泾县宣纸厂有感）

沙稻取绵，青檀取刚。泾川之水，天合两长。
浆滤烘裱，妙手施方。同心协力，始以成张。
毫运其表，六骏腾骧。墨润其里，五色含光。
千百年后，色新如常。东方艺术，万古流芳。
呜呼噫嘻，此颂可当：书画之母，字纸之王！

注：泾县宣纸主要以当地沙田稻之秸秆及青檀树之树皮为原料，而更得益于泾河独特之水质，故所造宣纸之质地绵韧适宜。　六骏乃唐太宗之六匹骏马之总称。

参观书画之乡萧县画展口占二首

其　一

翰墨淋漓挂满堂，俱怀逸兴气飞扬。

农夫亦有惊人笔，续我国光瓣瓣香。

其　二

人杰地灵伴物华，千年沃土自萌芽。
阳春白雪诗书画，飞入寻常百姓家。

2009 年 11 月

吊虞姬墓

一腔柔血报君王，不染桃花染剑芒，
白骨无情埋野草，英魂一缕尚飘香。

2009 年 11 月

访欧组诗

莱茵河两岸多见古堡与教堂

古堡依稀掠眼过，星星散落远山阿。
教堂尖顶如林立，薄暮钟声浮碧波。

驱车由科隆至特里尔山路上

茵茵牧草展平岗，红叶青松映斜阳。
楼阁玲珑五云起，送迎游客画中翔。
注：路旁小镇之楼房皆如别墅一般漂亮、整洁而安静。

参观萨尔斯堡教堂，正值礼拜日

礼拜钟声满古城，管风琴伴唱诗声。
圣洁胜过安魂曲，我亦低头含泪听。

题威尼斯水城

一座孤城海上浮，纵横水巷裂鸿沟。
小桥四百齐心力，锁住群楼一起流。

注：威尼斯由一百多小岛组成，以四百馀座石桥相连。

游威尼斯水城，水城以两端尖翘的小舟贡都拉著称

水为通衢舟为车，轻灵来往贡都拉。
竖琴横奏无弦曲，小橹吱呀拨水花。

参观威尼斯总督府金色阶梯，阶梯连缀诸多金色大厅

金色阶梯金色厅，厅厅连缀筑金城。
奢华只许天堂有，汉武藏娇何足凭。

注："汉武"句，汉武帝曾许诺为阿娇筑金屋。

游佛罗伦萨有感

文艺复兴沧海流，高悬北斗照千秋。
条条大路归罗马，不要神权要自由。

注：佛罗伦萨为文艺复兴之发源地。

题罗马竞技场

错落高台拱似城，当年万众醉腥风。
冤魂不肯随风散，残草犹闻带血生。

题罗马古城遗迹

斑驳残柱刺青云，想见当年帝国尊。
遗迹可随风雨旧，风神总见万年新。

乘船游巴黎塞纳河

塞纳河如慈母怀，凯旋门向自由开。
钟声塔影波桥汇，思古幽情扑面来。
　注："钟声"句，指巴黎圣母院的钟声、埃菲尔铁塔的倒
影及塞纳河上的数十座古桥。

游瑞士铁力士山滑雪场，此山乃阿尔卑斯山之一脉也

阿尔卑斯何壮哉，群峰终岁雪皑皑。
流星点点长空坠，雪上健儿飞燕来。

长安组诗

长安怀古

长安偏得帝王尊，一十三朝傲古今。
柏海轩辕推始祖，碑林翰墨记人文。
兵戈早已埋荒冢，钟鼓犹能忆上林。
欲厕登楼增一慨，慈恩四面起彤云。

注："欲厕"二句，当年杜甫、岑参、高适等人曾登慈恩寺（大雁塔）联袂赋诗。

长安颂今

一壕碧水绕垂杨，八百秦川飘谷香。
泾渭龙蟠肥沃土，殽函虎踞固金汤。
汉唐丝路飘花雨，华夏诗人聚帝乡。

奥运高歌神七舞，今年应有好文章。

注："今年"句，今年长安雅集的题目为"长安雅集·奥运盛世"。

2008 年长安雅集

游乾陵

郁郁乾陵接大荒，麒麟翁仲卧残阳。

年年落叶长安满，自有双碑述盛唐。

注：唐高宗七截功德碑与武则天无字碑号称双碑。

马嵬怀古

寻幽访古上荒台，万窍风来放眼哀。

衰草波翻侵古道，颓坟龟裂补苍苔。

翩鸿有恨飞难去，战火无情还复来。

一自三郎遮面去，明君情种两相乖。

登乐游原凭吊秦汉宫殿陵寝遗址

废础荒陵遍帝乡，苍茫无语掩斜阳。

阿房方烬兴长乐，秦冢未颓揖汉唐。

文士多情慨今古，农夫无趣牧牛羊。

兴亡一律埋黄土，只任蒿莱较短长。

注：阿房、长乐，皆长安宫殿名。

过香积寺步王维原诗韵

宝刹清幽处，蟠塬绕远峰。阶深难碍客，僧老懒敲钟。
法力撑残塔，威音听古松。深潭鉴云影，波静卧潜龙。

注：塬，当地称黄土岗为塬。 王维原诗："不知香积寺，数里入云峰。古木无人径，深山何处钟。泉声咽危石，日色冷青松。薄暮空潭曲，安禅制毒龙。"

山东组诗

登蓬莱阁望海上仙山

云蒸霞蔚绕三山，尘世瑶台一水间。
渤海波连黄海涌，心潮紧逐浪潮翻。
一生皇帝唯灵药，五日知州有妙篇。
海市蜃楼虽未见，临风登阁也神仙。

注：蓬莱阁之左为渤海，之右为黄海。　"一生"句，秦始皇和汉武帝一生求取仙山之灵药。苏轼曾任登州（即现蓬莱）知州，仅五日，旋调任。

登刘公岛缅怀甲午海战

一样波涛一样风，百年难尽战烟浓。
强兵遗梦折胎内，铁甲残骸葬海东。

国耻由来非战罪，时乖无奈已途穷。
英碑日夜临风泣，长报国民警世钟。

注：项羽临终曰："天亡我也，非战之罪也。"此语正可用于甲午海战殉难者身上。刘公岛上有甲午海战殉难烈士英灵碑。

赞烟台张裕葡萄酒，于烟台领导宴会上口占

葡萄美酒属烟台，一滴沾唇爽气开。
可叹秦皇福分浅，只知隔海羡蓬莱。

游大明湖寻明湖居，此乃
《老残游记》所描写之白妞说书处

穿花拂柳绕堤行，难觅当年湖畔亭。
幸有清风解人意，送来袅袅绕梁声。

谒"三孔"

海岱黄河瑞气交，圣人宗庙枕其腰。
三千碑志铭鸿业，十万青松护祖祧。
洙泗弦歌今再胜，诗书雅韵永无凋。
徘徊凝伫重檐下，万仞宫墙仰更高。

旅韩组诗

航海二绝句

其　一

夜空惟见满天星，晴日洪涛四海平。
宇宙茫茫何处我，浪花一朵即人生。

其　二

凭舷远眺海天垂，任尔长风扑面吹。
吹得两胁生羽翼，海鸥伴我自由飞。

由韩国一方眺望"三八"线有感，是日阴雨

三千沃野小瀛洲，一线无情万丈沟。

鸿雁穿云空寄恨，凄风吹雨更添愁。

寡头一误万民死，半岛两分数代仇。

南望洪涛沟更阔，中华何日唱金瓯。

注："一线"句，谓三八线如鸿沟割裂朝鲜三千里锦绣河山。 "南望"句，谓南望台湾海峡。

湖南采风

游南岳

南岳高风实寡俦，禅心铁血共春秋。
台前磨镜开心智，馆内会商定国谋。
五叶流芳传佛法，八年泣血护神州。
梵钟一响千山肃，伴我忠魂万壑浮。

注：南岳有磨镜台，乃禅宗大师怀让点化马祖之处；台下有福严寺；寺下有何健公馆，乃抗战时期四次召开南岳军事会议处，共产党曾派代表列席；公馆下建有纪念南岳保卫战殉国将士的忠烈祠。

游黔阳古城之芙蓉楼，王昌龄曾贬谪此地，并作有芙蓉楼送别诗

楼畔芙蓉依旧开，五溪仍绕楚山回。

如今识得灵均怨，浊世冰心最可哀。

　　注：五溪，李白《闻王昌龄左迁龙标》诗有"闻到龙标过五溪"之句。　灵均，屈原。　冰心，王昌龄芙蓉楼诗有"一片冰心在玉壶"之句。

参观洪江古商城

幽幽石径绕层台，夹道商家迤逦排。
壁立高墙争地势，森严门户忌窗开。
当年夜夜分金秤，今日街街长绿苔。
为感沧桑留古迹，夕阳西下独徘徊。

访侗乡高椅古镇

三山一水绕侗乡，古寨风情胜羲黄。
石径缘山穿户绕，古樟临水胜花香。
鹅鸭反倒知归路，邻里何须隔院墙。
户户堪称博物馆，古窗旧瓦证沧桑。

旅台组诗

2012 年 2 月 7 日至 14 日，随旅游团到台湾作。

游日月潭，是日阴云细雨

满湖云雾隐群山，莫叹神龙见不全。
造物也须休憩日，且将日月贮深潭。

2012 年 2 月 8 日

礼拜佛光山，星云法师于此传法布道

星繁传续祖师灯，云柔轻拂菩提风。
庄严经颂来天外，春风无迹润心灵。

　　注：佛光山为保护环境而禁香，皆用小莲花灯供奉，如点点星光。寺内多菩提树。

2012 年 2 月 9 日

台湾印象

虎踞龙盘锁海疆，雄鸡金距探重洋。
双潭偎依群山翠，环路崎岖碧浪狂。
商埠满街因物阜，风俗淳美知民康。
百花园里逢春日，梅花吐蕊冠群芳。

2012 年 2 月 14 日

又偶感一首

有心放眼太平洋，无计弥缝台海长。
两岸何时除旧怨，同携涛浪洗国殇。

2012 年 2 月 12 日

宝岛观海（调寄水调歌头）

何处观沧海？宝岛耸重岗。雄鸡扬起金距，直指太平洋。断岸横截涛脊，峭壁直插海底，激浪千重狂。遥望深蓝尽，一线接天光。　　零星雨，快哉风，披襟当。登临纵目，伤今怀古意飞扬。俯瞰人生一世，恰似浪花一朵，转瞬即消亡。从此寸心地，当学海天长。

2012 年 2 月 12 日

旅美诗词

2012 年 9 月 16 日至 10 月 28 日应丁跃、罗威夫妇，丁琳、李俊峰夫妇邀请，到美国旅游，行踪几乎遍及东西两海岸，所到城市及著名风景点众多，每有所感辄即兴为诗，共得十馀首，今暂选其九。现从中选录若干，以纪所感。

旧金山金门大桥俯瞰（调寄水调歌头）

天赐一湾水，云海何茫茫。一桥飞架两岸，风雨阅沧桑。座座白楼层列，密密松林环抱，迤逦绕山岗。点点白帆影，海鸟共颉颃。　　西望眼，波浩渺，太平洋。横空一线，吞得明月与残阳。愿借长风更上，回首美中大地，共享水一方。彼此同凉热，来往多津梁。

注："风雨"句，金门大桥自始建已近 80 年矣。　　"座座"句，旧金山乃山城，多白色建筑。

2012 年 9 月 21 日

"十七英里"海湾高尔夫球场露天餐厅小酌口占

一任海风扑面吹，小炉烧烤煮咖啡。
千金一掷何须吝，此乐人生能几回。

2012 年 9 月 26 日

游太浩湖

群山冬雪洁如玉，化作一湖宝石蓝。
岸底锦鳞腾细浪，湖中云影逐轻帆。
松杉环绕丘陵曲，别墅深藏花木间。
最喜四周空且静，游人可做小神仙。

2012 年 9 月 27 日

赌城拉斯维加斯印象

两岸荒山，一川沙漠。正无聊，惊现华宇一座座。
夜幕降临，彻夜灯火。登高望，天街星汉相交错。
镭射冲天，霓虹闪烁。映晴空，中秋月光也失色。
酒店林立，招徕赌客。争奢华，花样翻新出奇策。
百米喷泉，温情脉脉。芭蕾女，竞随乐曲斗姿色。
火山喷发，山崩地坼。刹那间，有如置身世界末。
运河环绕，小船漂泊。威尼斯，蓝天白云晴空阔。

游人如织，赌徒成伙。攒动处，桌旁处处争投射。
人叫机鸣，难禁诱惑。小试手，几人哀叹几人乐。
一夜暴富，一夜落魄。赢与输，皆在出手之一刻。
何谓繁华，何谓挥霍。众生相，透射人间善与恶。
黄粱梦醒，又回荒漠。如世间，繁华之外有饥饿。

　　注："中秋"句，此时正值中国之中秋节也。　　"百米喷泉"数句，谓百乐宫酒店。　　"火山喷发"数句，谓海市蜃楼酒店。　　"运河环绕"数句，谓威尼斯酒店。　　投射，古代赌博游戏投壶与射覆。

2012 年 10 月 1 日

乘直升飞机游科罗拉多河大峡谷

科罗拉多江河祖，三百亿年地貌留。
昔日冰川全覆盖，如今河谷尚横流。
多维经眼画难入，险壑擦身燕莫俦。
七大奇迹此为首，更加今日飞天游。

2012 年 10 月 2 日

乘皇家加勒比海号游轮畅游
加勒比海（调寄水调歌头）

港外高楼起，浮海大邮船。一朝驶向重洋，飘渺如丝烟。柔浪轻轻拍打，传递温情母爱，恰似一摇篮。岂忍入梦乡，日日且凭舷。　　沙滩白，浅海绿，深海蓝。一串珍珠，撒向加勒比海湾。Nassau 岛，Kokocay，粒粒玲珑剔透，皆可嵌皇冠。人在画中游，心似海天宽。

注：游轮曾途经 Nassau、Kokocay、Keywest 岛，皆可上岸游览。

2012 年 10 月 11 日

大学印象（调寄沁园春）

余在美国，先后参观了斯坦福、伯克利、耶鲁、哈佛、麻省理工等大学及西点军校，虽皆为走马观花，但感慨颇深。

城镇大学，美胜园林，何必界墙。看古楼厚重，传承历史；绿茵鲜嫩，散发馨香。先辈铜雕，后生学子，薪火相传代代芳。满园舍，活力贯今古，肃穆和祥。　　美国何以盛强，凌天下诸侯敢称王？兼资源地利，强兵富国；善启民智，教育兴邦。幸我中华，奋起腾飞，万象勃兴尽更张。N 年后，看大洋两岸，孰胜孰强。

2012 年 10 月 25 日

小城印象

纵横公路小城围，花木葱茏尽芳菲。
屋舍参差草坪阔，行人寥落路灯微。
数家商店列"当趟"，几个老人喝"咖啡"。

邻里相逢皆礼让，随人爱犬晚来归。

注：当趚，downtown 的音译，意为市中心。　咖啡，coffee 的音译。

"芳菲"之"芳"字平仄不合，权且不以词害意而存之。

2012 年 10 月 26 日

纽约至千岛湖秋色纪实

一去千余里，风光皆入眼。公路曲如蛇，蜿蜒随山转。
绿草尚茵茵，秋禾实已满。青松碧如旧，枫林红欲染。
银杏枝枝黄，随风飘万点。杂树充其间，相攒如彩伞。
阴晴众壑殊，山光别深浅。遍山颜色异，有如调色板。
凭窗不暇给，两廊油画展。有时经旷野，平坦如绿毯。
白色小农舍，林中忽一闪。清澈小池塘，水鸟时往返。
农夫正收割，牧草香四散。老牛啃肥草，安闲行步缓。
白云变苍狗，细雨笼画卷。树树秀可餐，山山庆云烂。
雨霁沐斜阳，霞光如梦幻。诗人但搁笔，画家只兴叹。

注：白云、苍狗，借喻天气变化之快，白云有时突然变成阴云。

2012 年 10 月 15 日

游尼亚加拉大瀑布口占

四海倒倾山口间，回看四海却安然。
原来盗得天河水，难怪天河渐阑珊。

注："阑"字平仄不合，口占之作，姑容之。

2012 年 10 月 16 日

参观大都会博物馆中国厅

万国珍奇聚一堂，中华文物广收藏。
商周彝鼎元书画，齐魏碑铭汉瓦当。
巧取豪夺辨有据，递传聚散叹无常。
由他完璧未归赵，且与西洋争短长。

2012 年 10 月 18 日

致谢丁家姊妹及全家，兼书旅美之感想

丁家姊妹夫妻贤，邀我远游美利坚。
两处洋房供寝息，一乘华毂伴往还。
略知怎谓风光胜，初解缘何月亮圆。
四十二天八万里，人生无憾走一番。

2012 年 10 月 28 日作于回国飞机之上

各地组诗

游镜泊湖

镜泊烟雨（调寄长相思）

烟蒙蒙，雨蒙蒙，一卷丹青纱幕笼。山岚隐卧龙。　山重重，水重重，别墅星星点绿丛。情思入遥空。

镜泊星月（调寄长相思）

风悠悠，水悠悠，半轮明月挂山头。金波倒映柔。　夜也稠，星也稠，隐隐银河天上流。湖中荡苇舟。

呼伦贝尔组诗

策马金帐汗草原

紫塞蓝天笼牧场，牛羊肥壮野花香。
呼伦贝尔今为证，策马扬鞭见我狂。

白鹿岛激流河漂流

绿水青山蚱蜢舟，乘风破浪逐东流。
水中锦鲤闻声散，山上彤云随雨收。
岸有千寻超赤壁，诗无半句愧黄州。
兴佳何必分今古，聊作逍遥半日游。

冀中采风

2012 年 4 月 25 日至 27 日随中央文史研究馆诗词组
到保定一带采风，得诗四首。

游保定府莲池书院、军官学校

讲武堂前气象森，莲花池畔胜人文。

悲歌慷慨英才聚，燕赵遗风代代新。

2021 年 4 月 25 日

狼牙山五壮士赞

血肉之躯烈士心，宁为玉碎壮军魂。
纵身一跃惊天地，化作青空五彩云。

2012 年 4 月 26 日

谒荆轲塔

塔临易水，后人增荆轲衣冠冢为圣塔院塔。

慷慨素衣易水东，长空一映响悲风。
英名化作千寻塔，风铎犹闻击筑声。

注：据《史记·刺客列传》载：荆轲刺秦时知其事者"皆白衣冠以送之。……高渐离击筑，荆轲和而歌……'风萧萧兮易水寒，壮士一去兮不复还！'复为羽声忼慨。"又，风吹剑芒声曰"映"，"铎"古为入声。

2012 年 4 月 26 日

谒清西陵

巍峨寝庙尚辉煌，依傍山川卧夕阳。
翁仲斑驳增肃穆，松涛枨触叹沧桑。
开基一统拓疆宇，叔世几番屈列强。

三百年来功与过，后人指点细评章。

2012 年 4 月 27 日

访内蒙诗

2012 年 7 月 16 日至 21 日随中央文史研究馆到内蒙考察红山文化和元上都遗址，遗址已被评为世界文化遗产，成诗四首。

红山文化赞

信马由缰走赤峰，史前遗迹布楸枰。
玉龙出土开盘古，巨石横空护祖陵。
错落千家埋后土，巍峨双塔镇辽京。
多元一体文明史，赫赫红山千载名。

赤峰游（调寄天净沙）

红山碧野蓝天，敖包牧马炊烟。香草鲜花芳甸，和风吹绽。居然天上人间。

观内蒙歌舞（调寄天净沙）

舞姿入化出神，歌声裂石穿云。幽怨马头琴韵，心脾如沁。醉人胜过芳醇。

谒元上都遗址

四面青山放眼量，龙兴王气尚飞扬。
披拂宿草逢春绿，摇曳金莲散古香。
断垄残垣控欧亚，荒基废础记辉煌。
王朝可与星辰换，创世文明日月长。

各地五首

题鸡鸣驿

古驿号鸡鸣，最关役旅情。登墙循马道，凭阙想传烽。
丝路兴边寨，兵荒废小城。后来凭吊客，长啸暮云平。

注：驿为元代所建，位于河北怀来县鸡鸣山下，为古代军事之要地。唐太宗东征高丽凯旋长安，西太后避乱西狩长安，皆路过此驿。此镇亦属丝绸之路之一商埠。城墙尚在，方五里，望阙、马道、马号、驿舍、指挥所、慈禧及光绪一夜之居所等遗迹犹存。

2007 年 11 月

重游西湖

柳岸花阴忆旧游，临流不敢泛轻舟。

湖光依旧如西子，搅起愁鱼叹白头。

注：吴文英有句曰："飞红若到西湖底，搅翠澜、总是愁鱼。"

2009 年

狮城瞻仰孙中山先生南洋纪念馆晚晴园

2011 年 12 月 12 日至 17 日随中央文史研究馆访问新加坡时所作。

革故鼎新代有人，共和肇始赖斯君。
乾坤归正英雄志，天下为公赤子心。
四海遍留鸿爪影，神州唤醒睡狮魂。
晚晴园内青青草，亦可腾飞起鹏鲲。

注：晚晴园，原为张永福为老母安度晚年所建，取李商隐"天意怜幽草，人间重晚晴"之意，故后文有"青青草"之句的描写。 鸿爪，苏轼有句："人生到处知何似，恰似飞鸿踏雪泥。" 鹏鲲，园内有中山先生友人取《庄子》意所题"遥从南斗望中原，壮志天池欲化鲲"之句。

雨中游神农架

千山万壑起荆襄，一架神农锁大江。
炎帝祭坛烟已杳，昭君故里水犹香。
丝丝雨润千重嶂，阵阵风流五色光。
蜇语野人何处觅，泉流瀑唱尽仙乡。

2012 年 11 月 15 日

题曹雪芹故居

败壁题诗黄叶村，小桥流水慰孤魂。
古槐松柏萧萧竹，尽是红楼寻梦人。

2013 年 5 月 10 日

杂题诗

投赠启先生

三书既成，聊以自嘲，呈启先生，即效启功体（调寄永遇乐）

遮目嫌沉，入厕嫌黑，覆瓿嫌小。西凑东拼，拉拉杂杂，休道旁人笑。窗前灯下，自家翻检，也觉心虚脸臊。又何须秦皇再世，索性自家烧掉。　　"咄嗟否否"，我公摇首，别有一番妙道："铅字戳儿，层层码起，胜建碑修庙。死生相异，西天路上，还要些儿鞋帽。千页纸，总能糊件，遮羞的罩。"

注："三书"谓余参与编写的《中国古代文学史》《中国古代文学史长编》《中国古代文学简史》。

1992 年夏

读《启功韵语》《启功絮语》（今韵打油）

馀事作诗人，三年成二册。开卷目不暇，篇篇映奇色。
驱得五车书，纷纷来听喝。拘来古诗翁，奔走门前过。
轻松白香山，滑稽东方朔。蓬莱驾鹤仙，曹溪参禅客。
西江次第排，竹林散淡坐。义山送精研，东坡献疏阔。
更有杜少陵，诚心输魂魄。掩卷闭目思，毕竟只一个：
风调与音容，分明启元白。幽栖坚净居，吟榻独自卧。
烟云过眼空，笔底吟不辍。更兼性情真，天生多幽默。
敏捷世无双，才高无人和。小诗信手拈，只需一磨墨。
有时稍费时，至多一入厕。也有呕心篇，推敲费斟酌。
所幸常失眠，月下细雕刻。莫嫌住院频，正堪增吟课。
药液如琼浆，滴滴酿奇货。归家病债消，诗稿增一摞。
愿公从今后，精神更矍铄。新诗日日堆，直把楼冲破。

注：元白、坚静居，先生字元白（白读如帛），自名其书斋曰"坚净居"。

1994 年 2 月

贺启先生米寿

自古无多米寿翁，先生米寿又难同。
秋冬眼底生幺凤，春夏腰间卧莽龙。
凤翳龙缠徒辛苦，吟诗作赋自从容。

吉人自有吉星照，白寿在前待我公。

注：七十七为喜寿，八十八为米寿，九十九为白寿。启先生米寿前一年患眼底黄斑症，今春又患带状疱疹，俗称缠腰龙。

2000 年 7 月

贺启先生九十大寿

老而弥健寿弥高，十秩初开气正豪。
白障黄斑空碍眼，鸿文墨宝不捉刀。
一扬二益春秋往，两枕三杯日月消。
更得孟尝颐养法，新添二窟不藏娇。

注："鸿文"句，谓先生尚可亲自操笔写文章。　一扬二益：唐人云扬州、益州之美为"扬一益二"，先生去年访扬州，今年又游成都。　两枕三杯，苏轼《发广州》有"三杯软饱后，一枕黑甜馀"之句，并自注"软饱"谓饮酒，"黑甜"为睡梦也。　"更得"二句，孟尝君有狡兔三窟之说，"不藏娇"乃黄苗子先生论启先生之玩笑语也。

2002 年 7 月

祝启先生第九十三岁生日

搬演传奇厕世间，这回扮相更庄严。
腰悬一品金鱼袋，手拄银龙四脚幡。
经卷何须灯下执，遨游且待日高眠。

九三华旦如期至，游戏人生又一年。

注："腰悬"二句，先生尝自嘲所挂体外尿袋为"赐紫金鱼袋"，手扶之助步器为"四脚龙"。

2004 年 7 月

为启先生整理三书随感（调寄虞美人）

为《启功韵语集》做注

八分六法称双绝，诗笔更清越。缘何弱管有神功？心画心声总自性情中。　　多蒙绛帐传诗要，怜我差堪教。不须立雪沐阳春，拾得吉光片羽作家珍。

听启先生口述往事

撰《启功口述历史》，先生本不欲为而勉为之。

本期心静如池水，一石涟漪起。荡开多少旧时情，恰似扁舟一叶浪中行。　　纵使命运多颠簸，我自求真我。何须转语作轻言：往事如烟还是不如烟？

注：时有《往事并不如烟》一书，颇流行。

整理《讲学录》有感

每翻笔记每回忆，情景犹昨历。恰如旧照逐张翻，

廿五年前风采尚翩翩。　　　纵横捭阖谈今古，如指家珍
数。通才何处觅仪型？此卷博观约取足为征。

挽词三首

守灵有感（调寄声声慢，步李易安原韵）

　　鲜花如海，挽幛如潮，椎心哀乐声戚。鱼贯伤心吊
客，川流不息。音容笑貌犹在，恨死神、相煎太急。睹
遗物，想风神，都是旧时相识。　　为报骚人情志，满
堂壁、名联佳什难摘。速慰九泉诗老，墨香透黑。三千
莘莘学子，绕深宵、烛泪滴滴。这次第、怎一个"副
部"了得。

　　注："为报"句，讣告未见"诗人"头衔，令人遗憾。
"三千"句，7月1日三千学生为启先生举行烛光追悼会。
"副部"句，据规定，启先生只能享受副部级规格的待遇。

广济寺启功先生回向法会（调寄诉衷情）

　　香烟缭绕烛灯明，梵呗唱和声。手合十，泪纵横，
伴我诉衷情。　　尘世何须停，且西行。祥云护驾凤鸾
迎，度往生。

遗体告别（调寄金缕曲）

作于遗体告别之日，是日天气忽阴。之前曾梦见启先生在彼界居住于农舍之中，生活似颇清苦，然友朋众多，争先以农家饭肴相招，颇多田园之乐，亦一慰也。

哀乐声声泣。似长叹、哲人长逝，回天无力。纵使明知呼不起，犹想再陈心迹。最无奈、灵车关闭。不但幽明今日隔，骸与灵，从此相离析。天也恨，阴云密。　　不如索性全抛弃。记先生、生前妙喻：人生如戏。何况梦中分明见，瓦舍小窗安憩。具鸡黍，与邻同醉。却有一约君莫忘：授生徒、绛帐留馀地。且续我，师生谊。

扫先师墓有感

每来祭奠每难忘，总见鲜花簇墓旁。
白雪皑皑尤耀目，秋风瑟瑟尚飘香。
容仪不远人争仰，桃李无言蹊自长。
又是清明凭吊日，小诗一首寄仙乡。

2007 年 4 月丁亥清明前夕

又（调寄玉楼春）

蓬山此去无多路，天接云涛连晓雾。
当时相聚小红楼，今日独凭松柏树。
鲜花撒罢风前舞，诗句裁成心低诉。
声声炮竹岁将新，点点寒鸦天欲暮。

2008 年 2 月 6 日丁亥岁除夕

《启功评传》梓行有感二首

一

三校付行心愿了，难了师生半世情。
最忆窗前传指月，犹温灯下沐春风。
一卷难容智慧海，寸心惟报玉壶冰。
页页且随香火递，他年重聚再详呈。

二

道德文章众皆爱，纷纷美誉自来归。
粉丝谈说成风尚，铁杆追随树口碑。
更有"功"臣绪传统，欲将"启"学辨精微。

美芹一卷呈同道，或可切磋论是非。

丁酉孟夏

《启功评传》章前诗八首

按：2017年予所著《启功评传》出版，全书共七章，计：第一章三部曲启功，第二章坚净翁启功，第三章书画家启功，第四章鉴定家启功，第五章诗词家启功，第六章学问家启功，第七章教育家启功。章前都有开篇诗（或联语），而第六章又分若干节，节前也各附诗一首。现将这些诗词汇编于此，而第一章章前为两副长联，第六章章前亦为一副长联，为统一本书体例，则分别编入"联语数则"之内的第二、三、五处，而第五章章前诗则见于本书文选《诗人启功》之三，馀皆收入此处。

一　坚净翁启功

一拳石，取其坚；一勺水，取其净。
磨成墨，写人生；铸成魂，刚柔并。

仁为心，儒之道；爱为怀，佛之性。
宽仁者，世所尊；泛爱者，人必敬。

五车书，信手拈；七步诗，脱口应。

云中豹，管难窥；智慧海，蠡难罄。

语诙谐，行旷达；外嬉笑，内禅定。
苏东坡，启元白；不同时，却同命。

二　书画家启功

生于书香第，自幼爱丹青。祖父把臂画，点染胜开蒙。
熟料天资纵，笔下如有灵。遍拜名师后，挥洒任纵横。
意抵云林态，气逼黄一峰。独立扬新令，声名动京城。
谁知东风恶，奇葩一夜零。回首伤心地，封笔忍吞声。
天才必多艺，可妒不可平。"野火烧不尽"，"何处不堪行"。
霜寒松尤劲，潭壅瀑自成。画名云蔽月，书名日东升。
二王为宗法，智永树范型。劲秀玄秘塔，端庄灵飞经。
戛戛狂怀素，堂堂颜真卿。碑帖观结字，墨迹看笔锋。
遍取百家胜，终成一家名。直逼赵松雪，横越超明清。
书论更宏富，书史得发明。青眼赞精粹，白眼讥饾饤。
妙论发人省，扬弃有公评。请君屈指数，自古几人能？
理论兼实践，书界共服膺。后人齐瞻仰，北斗一颗星。

三　鉴定家启功

鉴定最需绝世功，先生应对自从容。
丹青碑帖平生爱，创作研究两手雄。

鱼鲁难逃凭法眼，捉刀能辨赖博通。
风格笔墨多经眼，一统泱泱学问中。
注：鱼鲁，谓容易混淆者。　捉刀，谓伪冒之作。

四　题《古代字体论稿》

按：四、五、六、七四首为《学问家启功》一章的节前诗，章前诗则见联语数则。

古来字体知多少，聚讼纷纭莫一衷。
凭借先生三万字，横看成岭侧成峰。

五　题《诗文声律论稿》

竹竿节节分平仄，图谱行行析句篇。
巧解连环论格律，才人全豹窥难全。

六　题《汉语现象论丛》

现象之中规律存，纷纭汉语费耕耘。
先生自有点金术，化腐为神意最深。

七　题《说八股》、论《红楼》《子弟书》

八股红楼子弟书，诗文小说尽爬梳。
先生才力知多少，皓首穷经总不如。

八　教育家启功

夫子循循善诱人，援庵元白有传薪。
三千弟子沐甘露，七十春秋苦励耘。
坚净风仪垂典则，博综才识率群伦。
学行比翼期来者，师范精神代代春。

投赠诸先生

贺钟先生九五大寿

　　"常见校园清晓，一叟神扬步矫。借问是何人？如此神仙仪表？" "记了，记了。此即敬文钟老。" "我亦久闻钟老，早是一级国宝。提起民俗学，敢不一齐拜倒？" "尚少，尚少。还有诗文更好。"

1997 年 4 月

读钟敬文诗存

　　天要好诗万古传，又生钟老到人间。
　　沧桑历尽添诗兴，学问融通贯笔端。
　　情语动人皆仰慕，浮名于我等云烟。
　　如今正是风光好，海屋添筹续锦篇。

1999 年春

悼钟老（调寄烛影摇红，又名归去曲、忆故人）

昨夜笺诗，先生精力尚如虎。今朝把卷欲重吟，遗墨隔尘土。热泪不由翻舞。恨死神、安排错忤。钟情独在，一卷诗词，不及亲睹。　　八百华章，先生自撰英雄谱。放翁情事杜陵心，未必如君苦。史诗自当千古。人心自、为君做主。诗人美誉，虽未镌碑，非公莫属。

2002 年 1 月 18 日参加遗体告别之后

贺杨敏如先生九十大寿（调寄望海潮）

左芬兄妹，易安伉俪，今生泗水杨家。即席吟诗，当堂应对，敏如临场八叉。妙语出奇葩。生徒争列座，击节称佳。七秩耕耘，新桃旧李遍天涯。　　平生回首堪嗟。有雄心壮志，非止文华。耿耿衷情，唯天可表，知谁阴错阳差。莫怨黑云遮。且幸晚风吹，天满红霞。眉寿有如梅树，老干着繁花。

注：左芬，南北朝时女诗人，其兄左思为当时著名诗人、文学家。　易安，即李清照，其夫赵明诚为宋朝著名学者。　杨敏如先生其兄为著名学者杨宪益先生，其夫为著名学者罗膺霖院士。　八叉，指唐代诗人温庭筠，温才思敏捷，每临场为文只需叉手八次即可终篇，人称"温八叉"。　老干着繁花，梅尧臣诗："老树着花无丑枝。"

读曹群英先生《荒年》，
忆学生连生活（调寄疏影）

椎心泣血。记劫尘时代，蹉跎岁月。雁北孤营，坝上荒丘，依稀鸿爪泥雪。阳飙尚可薄衾抵，最无奈、阴风凄烈。纵春光、偶过阳关，难展愁心千结。　　毕竟人中英杰。任雨狂风骤，本色难灭。龙马蛰伏，地火潜行，只待乘时腾跃。坚冰一旦失寒宇，终化作、秋空霁月。忆平生、苦辣酸甜，风味这边独绝。

题星汉先生诗集
《天南地北风光录》（调寄卜算子）

诗界一颗"星"，西域一条"汉"。遍历东西南北行，重拾灵均怨。　　舒啸以为"歌"，挥笔以为"剑"。斫取山河大地英，熔铸新诗卷。

注：星汉先生乃新疆师大教授，其诗集序言乃其爱女剑歌所撰，故有换头处二语。

1997 年

祝中央文史研究馆国学论坛成功召开

满堂耆宿展经纶，装点文坛盛世春。

泗水弦歌重品味，荆山瑰宝再钩沉。

盘飧蔬果新方美，国学精华久愈醇。

今日雕龙逢馆阁，郢斤一运析文心。

注：泗水弦歌，孔子行礼乐教化之地。　荆山，古代美玉和氏璧之产地。　"郢斤"句，用《庄子》之典故。

2008 年

纪念励耘老人陈援庵先生诞辰一百三十年

田亩丰收在励耘，先生之志在学林。

力辞总长标风义，甘退一隅创辅仁。

爱国情怀流史笔，兴邦热血铸师魂。

回眸桃李人间盛，终慰生前种树心。

注：陈援庵先生曾任北洋政府代理教育总长，后因政见不合，愤而辞职，创办辅仁大学。晚年曾作《今日》诗，中云："芬芳桃李人间盛，慰我平生种树心。"

致习耕

不习耕作却习文，名字难羁向道心。

借鉴中华经典义，发扬西哲自由魂。

孤舟惊险翻浊浪，海燕从容歌裂云。

老病暂归南海畔，严冬熬过自然春。

丙申岁末，时值三九之日

征题诗

红楼之什

中文系 1996 级学生结成"红楼诗社",邀余作学术指导,其间自有一番唱和,特录之。

祝"红楼之约"诗词社成立(调寄御街行)

诗人自古结诗社,玉石相雕琢。"梁园"枚马竞华章,陶令"白莲"常客。大观园里,佳人才子,菊咏分题作。 红楼之约今又设,有倡应须和。试将古调谱新篇,记取青春时刻。百花园里,群芳斗艳,须有古香色。

注:枚马,指枚乘、司马相如。 陶令,指陶渊明。

1997 年 4 月

品茶三咏（调寄十六字令，红楼社
举行茶艺表演，即席而作）

茶，小饮一杯润齿牙。
留余味，遮面抱琵琶。

茶，小饮两杯味转佳。
香压苦，雪后访梅花。

茶，小饮三杯爽透颊。
飘飘举，骑鹤赏烟霞。

1997 年 11 月

贺红楼社成立一周年及作品结集
（调寄生查子，依辛弃疾《生查子》
"梅子褪花时"之格）

去年春夜时，初结红楼义。赤手捕长蛇，笔耕处女地。　　今年春夜时，佳作如花季。假以两三年，当惊李杜避。

1998 年 5 月

以苏轼语戏成品茗小诗，作于红楼社
又一次茶艺表演上

"从来佳茗似佳人"，此语虽佳若未真。
佳茗七杯随我品，佳人一个也难寻。

注："从来佳茗似佳人"，苏轼语也。　七杯，用卢仝典。

1998 年冬

《富春山居图》合璧抒怀

谁泻春江纸上流，大痴笔墨冠千秋。
层层山影容神往，谡谡松风助卧游。
一卷何堪遭并剪，同根岂忍裂金瓯。
剩山恨水今合璧，化作飞虹洗旧愁。

2011 年 5 月作于富春江

附：桐江泛舟谒严子陵

百里春江尽画廊，中流击水一帆扬。
浪花荡破青岑影，微雨斜吹鸂鹭行。
高士钓台犹壁立，汉皇遗冢早荒凉。
临江品茗说今古，思绪如云笼大江。

辛亥革命百年纪四首

一　历史之缘起

封建王朝岁月长，前曾灿烂后凋伤。
维新或可期回日，立宪岂能再补亡。
帝制孤舟终覆没，共和大纛始高扬。
潮流浩荡催人省，顺逆昌亡在自强。

注："世界潮流，浩浩荡荡。顺之者昌，逆之者亡。"中山先生语也。

二　斗争之卓绝

仁人志士会同盟，誓与皇权拼死生。
痛诀妻儿临易水，高吟诗句赴轩亭。
城头尽染英雄血，岗上深镌烈士铭。
天下为公酬壮志，舍生取义荐中兴。

注："痛诀"句谓林觉民烈士。　"高吟"句谓秋瑾烈士。秋瑾遇难于绍兴"古轩亭口"，牺牲前曾有"秋风秋雨愁煞人"之诗句。　"城头"指武昌城。　"岗上"谓黄花岗。

三　历程之艰难

中兴之路太蹉跎，战火纷飞磨难多。
窥鼎枭雄频走马，欺天大盗数翻波。
抗倭尽洒炎黄血，建业屡操兄弟戈。
一寸山河一寸泪，神州始唱大风歌。

注："窥鼎"句，谓军阀混战。　"欺天"句，谓袁世凯称帝。

四　未来之展望

六十年来无战尘，惜乎一半自纷纭。
出征莫讳前车误，崛起应缘后劲深。
宝岛重归版舆统，金瓯久裂政权分。
何时一笑恩仇泯，不愧祖先慰子孙。

2011 年 5 月

庆祝中华诗词学会成立三十周年

复兴之路在何方，诗运需随国运昌。
老干新枝沐春雨，铸今镕古谱华章。
休言律调披枷重，且看红绸舞袖长。
莫忘初心庆而立，吟坛正是好时光。

2017 年 5 月 25 日

古诗十九首

　　先师元白公韵语集有《古诗二十首》《古诗四十首》，一事一吟，选材广泛，立意生动，格调幽默，语言古朴，真《古诗十九首》绝妙之现代版也。欲效之久矣，今凑成十九首，以足"十九首"之数，愿先生在天之灵以教我。

2007 年

一　防护栏

仰望高楼巅，层层防护栏。人成铁囚犯，家变动物园。
一楼始作俑，层层往上传。不然贼儿顾，循栏可攀援。
水涨船亦高，遂成大奇观。道高魔更高，视此如平川。
时闻矫健贼，又奏凯歌还。本领超奥运，楼壁竞攀岩。
水浒有定论：徐宁怕时迁。

二　挂号

老来怕生病，生病怕挂号。幸有老妻贤，奋勇以自告。
夜半闻铃起，不待金鸡报。长龙数百米，首尾弯弯绕。
为防加塞者，前胸后背靠。苦熬数小时，气郁心烦躁。
如此一两回，病倒自难料。遂有号贩子，敢把高价要。
明知是火坑，也得往下跳。

三　散步

每天两次走，米达逾数千。既可活筋骨，又可觅诗篇。
不论寒与暑，坚持数十年。惜乎弯弯绕，不能直线连。
否则日日累，早已到广寒。掉臂逍遥游，何必乘飞船。
健步凌云去，无翅也飞天。哀哉复哀哉，人间行路难。
行行重行行，只到八宝山。

　　注：米达，英语 metrie 的音译，即公尺。

四　堵车

马路平如砥，大道如青天。无奈车挨车，寸步难往还。
恰如过江鲫，挤到瓶颈间。一处肠梗阻，全身血脉瘫。
街变停车场，绵延遍城关。最怕计程车，吞字即吞钱。
君若有内急，叫苦无人怜。不如开步走，龟兔谱新篇。

李白生今日，重赋行路难。

五　书法家

当今谁最多？答曰书法家。只要会写字，即敢以此夸。
更有怪癖者，争先竞涂鸦。状如鬼画符，枯蚓满纸爬。
君若不为然，反唇即相加："尔等馆阁派，陈腐如泥沙。
此乃现代派，艺苑真奇葩。"退避不敢言，寒蝉遇群蛙。
忽忆皇帝装，原也无片纱！

六　围棋

四大发明后，第五是围棋。自古无同谱，招招数学题。
纵横十九路，点点有玄机。看谁黑白子，先占要略席。
或遇将才等，手谈难相欺。或施屠龙术，死伤互狼藉。
或放胜负手，制胜在出奇。或战三百合，消长在毫厘。
叮咚落子声，伯牙遇子期。此曲养心志，修身最相宜。

七　街头象棋

竞技百余种，象棋最普及。街头与公园，到处有棋迷。
黄昏趋灯聚，夏日随荫移。蒲扇任意摇，茶杯随手提。
或坐小马扎，或蹲若弓箕。双方正沉思，观者不胜急。
索性频出手，喧宾夺主席。胜负尚其次，一乐尤可期。

所以下到老，依旧是臭棋。

八　成都麻将

举国打麻将，成都最有名。飞机未降落，已闻麻将声。
设局首茶馆，盖碗佐香茗。边打边斗嘴，全是麻将经。
风水轮流转，何必怕输赢。外人见莫怪，此是巴蜀风。
即使遭地震，照聚防震棚。城市需定位，领导费经营。
有人提建议，干脆叫"耍城"。

注："茗"本读上声，此处随俗，读平声。

九　假货

今日中国人，事事假货忧。肉是注水肉，油是地沟油。
粮食掺色素，水果药催熟。衣是假名牌，住是豆渣楼。
大钞多假币，空有四巨头。偶然得微恙，假药害更尤。
也有例外者，服毒欲自休。居然无异样，假货当歌讴。
境外成街鼠，国人共蒙羞。

注：熟，按俗音读如"收"之阳平。

十　人祸

君到中国看，到处都是人。满街过江鲫，闹市不容针。
挥汗即成雨，联袂即成云。僧多粥太少，必然起纠纷。

不惜求温饱，毁坏地球村。碧水成浊淖，荒漠吞森林。
昔有先觉者，衷言告至尊。反遭大批判，兴丧势转轮。
万事可重来，唯此退无门。

　　注："昔有"四句，20世纪50年代，马寅初先生提倡新
人口论，被斥为反动人口论。古人云："一言可以兴邦，一言
可以丧邦。"此之谓也。马寅初先生衷言遭拒，兴邦之途转瞬
即成丧邦之辙。

十一　生

人人要自由，此语颇荒诞。生即不由我，父母偷其便。
人人要平等，冠冕难实现，呱呱落谁家，命已定大半。
从此登羁旅，迢迢度驿站。前途似万千，轨迹只一线。
世代信无穷，爪痕只一段。是人是蝴蝶，庄子浑莫辨。
究竟我为谁，西哲也兴叹。

十二　长

生长有烦恼，我辈前无古。丰年不满十，荒年倍其数。
物质极贫穷，精神遭桎梏。不得强羽翼，只许相煎促。
本应展鸿图，却被蚕茧缚。欲求黄钟鸣，反如寒蝉树。
不幸生斯年，不舍离斯土。一人不足惜，一代祭刀俎。
子在川上曰，逝者如斯夫！

十三 老

铿然一叶落，泠然天下秋。蓦然一临镜，霜雪爬满头。
春华与秋实，四季皆可讴。青丝与白发，各自有风流。
皆在过程中，何必较喜忧。只恨少壮志，不幸溺横流。
老来欲补牢，回日力难雠。时光一错乱，悠悠万事休。
白发临秋风，万慨寄登楼。

十四 病

少小体羸弱，疾病早纠缠。老来更张狂，病病相勾连。
日日复日日，太半病中煎。恨不扫病魔，宁可折十年。
可惜无灵药，心余力孤单。病魔且莫舞，我死君亦完。
不如两相让，各自保平安。我留君一席，君容我迁延。
待到大限日，一起上西天。

十五 死

生则为偶然，死则为必然。生即倒计时，死即为终端。
生路千千万，共趋鬼门关。达者执畚锸，迷者铸铁棺。
与其恋尸骨，何如勘因缘。死若勘不破，知生何从言。
欣然携亲朋，计程八宝山。一路观风景，便是人生欢。
山重水复后，化作一缕烟。

注：孔子云："不知生，焉知死。"又曰："子不语怪力乱神。"吾亦曰："反之亦然，不知死，焉知生。"

十六　家

狡兔三窟秘，双燕小巢轻。人生求稳定，结婚组家庭。
亚当与夏娃，月老系红绳。辛苦共耕织，慈爱抚幼婴。
纵遇暴风雨，小港浪自平。床头几片瓦，我家紫禁城。
老来子孙去，各自展鹏程。舐犊何须报，返哺念旧情。
代代无穷已，人类得永恒。

十七　回忆

少小爱幻想，老来爱回忆。幻想如朝阳，蒸蒸有活力。
回忆似余晖，依依恋大地。近事转头忘，旧事分明记。
老屋小庭院，沧桑可废弃？儿时小伙伴，健在今余几？
青春东逝水，沙痕何处觅？频忆犹不足，闲寻旧踪迹。
山高水长处，一一入梦呓。

十八　命运

印度分种姓，贵贱由天定。古代分九品，清浊渭与泾。
当代划阶级，子孙早定性。户籍分城乡，同生不同命。
所以倡人权，天生当平等。坦途获自由，有志皆驰骋。

忽闻基因学，密码如命令。程序早排好，寿夭与疾病。
命运究如何，恼人如春梦。

十九　灵魂

人生一落地，灵肉即相副。人死余僵尸，灵魂归何处？
若与身俱死，如何只见骨？若弃身而去，虚空哪可宿？
所以求道人，专心为之悟。悟者九天行，迷者苦海渡。
今有革命人，彻底倡唯物。又将见马列，作为临终祝。
既然无灵魂，何处可光顾？

论诗诗二十题

唐宋十大诗人

　　计王维、岑参、李白、杜甫、白居易、韩愈、李商隐，苏轼、杨万里、陆游，效其最擅长之体裁，各拟一两首以赞之。

一　王维

自诩维摩诘，高怀王右丞。兼官兼隐士，礼佛礼儒风。
虽陷玷污案，幸昭凝碧情。辋川留胜迹，尘世著清名。
　　注："安史之乱"时右丞曾被迫任伪职，遭质疑，幸作凝碧池诗以抒故朝之思，乱后才幸免于难。

又

右丞长短律，华彩似长虹。山水田园秀，关山边塞雄。
终南餐白雪，漠北纳苍穹。诗画撷英萃，三唐第一功。

二　岑参

战火风尘二十年，几番跃马戍天山，气压班超与张骞。
一闻锋镝战马舞，令行禁止听金鼓，盛唐将士气如虎。
胡天八月雪飞扬，胡旋宥酒烤全羊，异域自有好风光。
战地衰草缠白骨，大漠风烟燃焦土，旷夫怨妇相隔阻。
个中滋味谁能讴？惟我大唐岑嘉州，奇情丽景一笔收。
从此诗坛开新宇，边塞诗派传千古，敢不奉他为盟主！

　　注：岑参《走马川行奉送出师西征》以三句为一层，真奇调也，特效之。

三　李白

　　君不见，千岩万壑入诗篇，太白心胸能吞天。
　　君不见，拔剑四顾临风吼，太白气魄冲牛斗。
　　　飘然不群天上客，谪向人间红尘走。
　　　一生白眼傲王侯，只横青眼向美酒。
　　　清词丽句倚马待，谪仙酒仙与诗仙。

万马喑，千年哀，彤云密，须惊雷。

太白振臂起，万里天风扫阴霾。

生不逢时天阍远，何必只独善其身。

"天生'我'材必有用"，喝醒多少蓬蒿人。

大鹏即使折羽翼，岂肯羁绊牢笼间。

"安能折腰事权贵"，丈夫当有傲骨坚。

尊个性，崇天真，我善养吾浩然气，不愧天赋自由魂！

四　杜甫

诗圣大名垂宇宙，苍生社稷总关情。

中原战火历生死，巴蜀流离感废兴。

呕尽一腔望帝血，化为万古杜鹃鸣。

民艰国难齐担荷，岂止因诗太瘦生。

注：李白《戏赠杜甫》："借问别来太瘦生，总为从前作诗苦。"

又

沉郁还将顿挫兼，少陵风韵自心源。

民胞物与凝人道，世替时艰励圣贤。

热泪满襟三致志，衷肠难展九回环。

后人欲学空搔首，岱岳果然小众山。

注：司马迁《报任安书》："肠一日而九回。"《史记·屈

原贾生列传》："一篇之中三致志焉。"

五　白居易

读罢香山长庆体，总觉他人费安排。
感伤闲适兼讽喻，无不轻松信手来。
当筵吟罢长恨曲，即席谱就商妇哀。
清词丽句风情远，童子胡儿亦伤怀。
老妪解诗虽夸张，歌伎矜唱竞风光。
旅店酒肆僧侣院，妙句联翩题上墙。
三千佳作不胫走，口传笔录布四方。
远至东瀛高句丽，诗名卓著冠三唐。
近体格律尤为难，手持锁链舞翩跹。
老杜殚精竭虑后，居然轻易开新篇。
读来不觉格律在，格律无不合天然。
难怪广大教化主，首推诗老白乐天！

六　韩愈

退之文章天下传，退之诗笔敢为先。
宋调堪与唐风并，退之滥觞实百年。
恰似呱呱婴儿落，生命当推十月前。
又如秋枝果累累，岂能不计花叶繁？
时挟议论入风骚，尖锐可摧天下坚。

时将文笔融诗笔，恢宏有如读马班。

时见学问眩高深，大儒下厨烹小鲜。

时出硬语盘空落，兵戈叮当惊华筵。

"要非本色"从君说，诗坛从此添新格。

三春自应百花放，清音妙质莫厌多。

江山代有才人出，盛唐过后有谁何？

天降大任于斯人，号令百川归大河。

七　李商隐

为防唐季失芳躅，天降义山继雅音。

锦口绵心痴语秀，多愁善感至情真。

兽烟袅袅凝春碧，绣幄幽幽隔雨深。

锦瑟谁传广陵散，燕台唯见草纷纷。

注：《锦瑟》《燕台》俱李义山朦胧诗之名篇也，至今玄妙难解。

八　苏轼

东坡诗意最庞杂，地负海涵该百家。

议政论文超北海，谈天说地过南华。

长江对月悲鸿影，孤岛临风傲海涯。

百态人生真味永，何忧滚滚浪淘沙。

注：汉李邕（字修穆）、汉孔融（字文举）、唐李邕（字泰

和）皆号北海，亦皆善议政论文。　人称《庄子》为《南华经》。

又

天马行空才气奢，东坡诗笔妙生花。

典丰错列仰星斗，喻美翻飞叹晚霞。

惟我真情羞遁隐，大千妙谛咀精华。

诙谐嬉怒皆风雅，如此仙才最可嘉。

注：人称东坡为坡仙。启功先生曾赞曰："天仙地仙太俗，真人惟我髯公。"

九　杨万里

清新钟秀慧心开，乖巧时将狡黠来。

眉目传神如谢女，缘何古板叫诚斋？

注：予始终不解，廷秀诗之最佳者，皆灵秀蕴藉，并无古板之理学气，而其号何故为"诚斋"也？

又

慧眼别开索素材，匠心独具写灵台。

大千世界多奇趣，活法为诗任剪裁。

注：读杨万里诗可悟何为活法。

十　陆游

战火洗礼鬓龇年，平生倥偬鞍马间。
大散关头亲射虎，瓜洲渡口阅战船。
尽享军中豪纵乐，耐得细雨剑门寒。
本欲捐躯死王事，何意雄图付流年。
不能执戈却执笔，吐尽万首孤愤篇。
悲时对酒歌宝剑，梦中乘兴定天山。
出师不得身先死，一把热泪祭中原。
一生英烈警后世，最怕误作诗人看。
呜呼哀哉陆放翁，且听小子歌一言：
国家不幸诗家幸，自古英雄行路难。
政坛难展鲲鹏志，正可高骞盟诗坛。
生前若不悲身世，生后安得万古传！

又

唐风宋调一身兼，诗到放翁可溯源。
体制沉雄来老杜，言辞恣肆出青莲。
精研不让晚唐子，简易时超白乐天。
我手终归写我口，世间风雨入毫端。

注：以杜甫为体，以李白为用，乃吾对陆游爱国诗之评价，而其闲适诗又多白居易、晚唐诸子之风。

唐宋十大词人

计温庭筠、李煜、柳永、苏轼、秦观、周邦彦、李清照、辛弃疾、姜夔、吴文英，各取其常用之词牌拟一两首以赞之。

一　温庭筠（调寄菩萨蛮）

蛾眉懒画愁春昼，梧桐逗雨听更漏。写尽女儿情，却有画外声。　　参差披拂句，要眇宜修趣。词史拓荒人，花间第一春。

注：温庭筠《菩萨蛮》有句云："懒起画蛾眉。"《更漏子》有句云："梧桐树，三更雨。"很多学者认为此中有寄托之意。

二　李煜（调寄虞美人）

每拈诗笔才思涌，文采风流种。可怜生在帝王家，葬送江山葬送好年华。　　幸传几首伤心句，千古流芳誉。始知盛事本词章，胜似牵羊肉袒作降王。

注：曹丕《典论·论文》："文章乃经国之大业，不朽之盛事。"

三　柳永（调寄望海潮）

江南才子，负笈北上，本期际会风云。金榜屡空，仕途多舛，庙堂不买经纶。奉旨作词人。风流倜傥后，多少酸辛。羁旅行程，残蝉秋雨暗伤神。　　青楼幸遇知心。有清醇美酒，呜喁柔音。才子佳人，递笺传唱，良宵一刻千金。枯笔且逢春。词史传佳话，唯我独尊：凡有人烟井水，即有柳词吟！

四　苏轼（调寄水调歌头）

造化钟神秀，苏子降文坛。星岳同趋泰斗，仰止服膺看。余事文章书画，游戏诗词歌赋，流溢自心田。学养充天地，手笔自超凡。　　出天府，历中国，贬海南。世风尝尽，诗人情味最婵娟。啸咏长江风月，饱吃岭南粗粝，愁苦亦欣然。若论真名士，自古属坡仙。

注：苏轼有诗云："诗人情味最动人"，此乃理解苏轼之关键也。

又

清旷风波令，豪放大江东。藐如姑射冰雪，烈似海天风。喝断红香翠软，扫却尊前月下，浩气贯长空。海外开天地，林下启门宗。　　　叙人事，写风物，课桑农。情真意切，横空健笔亦从容。调得胸中丘壑，洗尽肠间块垒，万象聚浑融。燕雀争高翥，云外慕飞鸿。

注：风波令即《定风波》。　　"藐姑射"句，见《庄子·逍遥游》

五　秦观（调寄踏莎行）

锦绣才华，纷纭愁绪。悠悠情思凭谁诉？不如对雨伫楼头，凝成泣血伤心句。　　　岁月无情，人心有据。千年亦有知心慕。天涯寂寂断肠人，词坛楚楚长青树。

六　周邦彦（调寄少年游）

美成词境似红楼。佳丽竞风流。曲曲回廊，重重帘幕，富贵透温柔。　　　自然之外求思力，格调更难侔。荷露清圆，寒梅霜重，众美一园收。

注：陈锐《袌碧斋词话》："屯田词在小说中如《金瓶梅》，美成词如《红楼梦》。"　　"荷露"句应自然风格，"寒梅"句应思力风格，周词于《红楼梦》中屡见描写。　　一园，乃指大观园。

七　李清照（调寄永遇乐）

少也多愁，老来更愁，命与愁伍。闺阁青春，夫君远宦，柔语诉幽处。江南漂泊，良人永逝，更念故朝风物。真切处，形神口吻，须眉一字难吐。　　雅词俚语，交相辉映，句句鲜活媚妩。婉转情思，传神写照，自古无双谱。薄情竖子，不怜香玉，反讼慢言轻侮。君知否，明眸秋水，岂容尘土？

八　辛弃疾（调寄满江红）

沧海横流，方显出、巍峨岱岳。偏一隅、举朝恬嬉，独标亮节。文献美芹呈九议，武能飞马闯重穴。论英雄、自古有何人，真豪杰。　　摧锋镞，藏韬略。髀生肉，心流血。握长椽、独领词坛新业。赣水长萦旧乔木，鹅湖难醉好风月。炳千秋、肝胆化诗魂，真英烈。

又

百战归来，空作个、带湖倦客。整日伴、灵山风物，黄沙阡陌。烈酒偏从花下醉，雕弓只向石中射。叹蛟龙、一旦失鲸涛，池边卧。　　功业冷，肝肠热。英雄事，难寂寞。笔换刀，挥洒淋漓翰墨。慷慨悲歌栏楯碎，唏嘘夜雨红巾和。千首词、化作满天星，长空烁。

九　姜夔（调寄扬州慢）

夜过垂拱，霜寒露重，任他一舸轻篙。似清塘荷影，浊世显洁操。惟不忘卢州杨柳，浅斟低唱，韵永格高。算柳、周，纵有深情，略显轻佻。　　天降大任，继苏辛，再领风骚。将蜜意柔情，提空尽入，健笔并刀。洗尽铅华绮靡，对初雪，月下吹箫。开清空骚雅，别为一代风标。

注：据夏承焘先生考证，姜词中有二十余首是写思念合肥情侣的，情侣当为姊妹二人，合肥古称卢州，多杨柳，姜词在词中也多用杨柳代指情侣所居之地。

十　吴文英（调寄风入松）

梦窗词似梦窗名。碎"梦"小"窗"萦。循规蹈矩由他舞，予独喜、剑走偏锋。独立词坛怅触，千年难觅同声。　　迷离恍恍苦经营。只为太钟情。西湖碧水苏州柳，总勾连、倩影娉婷。何似"窗"前凝望，任他痴"梦"频惊。

注：据考证梦窗有二痴情者，一在杭州，一在苏州。王国维曾拈梦窗词句"映梦窗，凌乱碧"来概括梦窗词特色。

咏物词十首（调寄虞美人）

雨中观荷

珍珠滚动田田叶，刹那铿然泻。丝丝烟雨笼涟漪，一柄青荷一首动人诗。　　小荷楚楚初开早，润就娥眉好。微风一阵掠清波，无数芭蕾美女舞婆娑。

壁上蜗牛

微躯不顾自家力，负重争攀壁。进而复退似穿梭，直至中途累死剩空壳。　　其中也有英雄样，努力争肥壮。谁知未及逞英豪，早已成为人类美佳肴。

候　鸟

时家北海时南海，岁岁春秋改。全凭两翅驾长风，何惧天高海阔万山重。　　笑他人类分国住，唯我无拘束。水肥鱼美即家乡，世界公民来往任徜徉。

残　雪

多情白雪知春近，渐渐消融尽。只余墙角似坚冰，像是特殊材料所制成。　　虽然独立无俗态，只是洁难再。何如早日嫁东风，化作来年瑞兆舞长空。

2008 年

雾　霾

儿时遥望银河转，澄宇星光闪。细听天籁寄微风，脉脉牛郎织女诉衷情。　　如今遥望唯长叹，霾锁云天暗。一轮昏月两三星，像是更夫困眼守孤灯。

雨　梦

庭前雨后蛙声鼓，风动蜻蜓舞。聪明蚂蚁早搬家，雨燕呢喃来去戏云霞。　　金蝉阵阵声如缕，伴奏合鸣曲。儿时天趣已迷离，除却梦中穿越尚依稀。

电子书

书刊无纸也无碍，电脑银屏代。字符默默虽如常，却是镜花水月冷如霜。　　手机一览全知晓，科技为先导。由他翁妪暗心伤，临老沦为现代新文盲。

纸版书

苦心孤诣笔穿砚，自有温情现。灯前传与读书郎，好似伊人相伴夜添香。　　兴来可以加评点，褒贬听尊便。室惟书卷竞琳琅，可与前贤师友论华堂。

病　毒

从来内乱与边患，都是人相战。如今新冠肆横行，无国无疆无影更无情。　　人们至此应开窍，保命须排号。若非先胜害人精，何必我活你死苦相争。

口　罩

雾霾口罩防污染，瘟疫添新乱。腮边不见旧桃花，街上人人遮面似游侠。　　呼吸不畅层层阻，谈话喉咙堵。簪头今日舞新妆，但愿口中病祸全能防。

杂诗若干

车祸住院杂咏

1998 年 2 月 14 日，予在京石高速公路上遇车祸，住进六里桥附近的电力医院七层骨科病房。

一 自嘲

平时影视见如常，今日亲经惊断肠。
初似蛟龙腾浪涌，终如老兔搏鹰翔。
追星直取戴安娜，归队欲投邓朴方。
但恨凡夫非龙种，沉吟三月卧绳床。

注："老兔搏鹰翔"，谓车四轮朝天，如老兔翻身，与鹰搏击也。

二 启先生莅访

斯人不幸命如斯，贱疾何劳惊我师。

六里桥头忽远近，七层楼顶履平夷。

正愁长夜熬残骨，忽遇春风沐病枝。

恩重如山何所报，且随夫子病吟诗。

注：当年伯牛有疾，孔子"自牖执其手，曰：'命矣夫！斯人也而有斯疾也。'" 又，启先生常在病中吟诗。

返校二绝句

一 同学相见

称名犹可忆当初，五十三年各一途。

若问平生风雨事，每人都是一编书。

二 校园寻旧

鲜花嫩草倚楼栽，难觅当年屐印苔。

多少欢声多少泪，分明都向此中埋。

2010 年

七十抒怀

写于《土水斋诗文选》出版之日。

拖泥带水古稀临，把酒回眸忆劫尘。

有限青春连夜雨，无聊暮齿守残薪。

空留半卷诗文选，难副一生社稷心。

但愿书生迂可笑，前程自有报时春。

题《绿杨晨话》

绿树参差掩画堂，杨花披拂绕宫墙。

晨钟暮鼓红尘事，话入诗词句便香。

注：中华诗词研究院位于颐和园旁之绿杨宾舍，院内俊彦创刊物曰《绿杨晨话》，征题于余，故有此作。

寻　根

余出生北京，然于祖籍山东黄县之东江仍念念不忘也。2013年10月，余与妹、弟等返乡，聊为寻根之旅。其间瞻仰了曾祖、祖父老屋之遗址，及生母之家乡祁村，并受到家乡父老的热情招待，感慨赋此。

梦中常绕故丘飞，老态龙钟今始归。

一路乡音风物美，三餐村酿海鱼肥。

外家碑碣埋荒草，祖屋墙基泛古辉。

楼宇将兴吞故土，招魂难再泪霏霏。

注：东江村、祁村今冬即将拆迁建楼，今后凭吊无地矣。

读汪精卫《双照楼诗稿》二首

一

"精卫情结"误末途，诗人本色乃其初。

灯前话语慰亲友，笔下江山展画图。

时有豪情流肺腑，更彰英慨藐凡俗。

大才莫妒惟长叹，甘拜我诗总不如。

注：精卫情结，叶嘉莹先生认为汪兆铭一生之行为都源于他的"精卫情结"。

二

一生两极竟如何？双照楼中寻逝波。

未见"伪齐"书喜语，时闻"精卫"唱悲歌。

抒情私语能无据？言志心声当不颇。

难为"怨禽"千古辩，应仇倭寇毁人多！

注：两极，谓前为斗士，后为汉奸。　伪齐，北宋亡后，金人扶植刘豫所建的伪齐政权。《双照楼诗稿》中未见一句建立伪政权后的欣喜自得之语。　怨禽，叶嘉莹先生题《双照

楼诗稿》有"怜他千古作怨禽"之语。

学生连往事感怀

乙未初夏，学生连十余知己，相聚酒肆，共话当年，虽极尽唏嘘感慨之情，仍未竟悲歌叹惋之意。是夕辗转反侧，彻夜难眠，遂凑成《沁园春》一阕，聊以释怀，兼示诸友。

往事如烟，几杯老酒，重溯当年。惜华年英气，空抛雁北；穷山恶水，苦度荒年。不论兰蒿，无关良莠，怎奈朔方冰雪寒。谁之罪？纵莘莘学子，难越劫关。　纵横卅五年前。任低诉高谈心总酸。叹食牛胃口，齿豁餍馔；力耘腰脚，策杖蹒跚。幸矣余生，何堪冤鬼，骸骨难寻野草边。且珍重，非苟延残喘，翘首明天。

注：兰，香草；蒿，恶草。　卅，音系（xì），即"四十"之合字。　食牛，谓胃口好，且学生连有食牛之逸事。餍馔，懒于进食。　冤鬼，学生连中有死于非命者。

中国地域文化通览出版感言

著书岂为稻粱谋，文化传承志未休。
五百余人数载力，两千万字几番雠。
图文并茂成三性，上下纵横该九州。

五典三坟空著录，此编或可续春秋。

注：三性，此编编写之宗旨为突出学术性、可读性、现实性。

乙未冬重回所执教之塘子中学有感（调寄满庭芳）

中学位于密云县半山区，今已改成其他单位矣。

一丈敝庐，两排教室，短墙难隔荒村。励耘苦读，十载度青春。多少激情酸楚，藏心底、难化烟尘。堪回首，雪泥鸿爪，常绕梦中寻。　　重回何所见，新楼有样，旧履无痕。白发轻冠冕，空对遥岑。幸有道旁古柳，多情似、久别故人。俱老矣，前程苦短，且惜寸光阴。

抗日战争组诗

卢沟桥咏叹（调寄望海潮）

卢沟狮塑，康乾碑记，一桥雄踞燕京。古辙凹凸，石墩斑驳，传承多少升平。恨"七七"枪声，令桥头晓月，烽蔽烟蒙。桥下丛芦，萧萧浸血泣秋风。　救亡惟有抗争。我前方将士，跃马宵征。父老同胞，无分南北，筑成血肉长城。抗战启新程。历八年浴血，火凤重生。犹喜雄狮昂首，依旧镇长庚。

注：卢沟桥桥头有康熙、乾隆的御笔碑记及乾隆所题"卢沟晓月"碑铭。每桥柱皆镌有神态各异的石狮。　长庚，彗星之属，主兵事。

2013 年秋

纪念抗日战争胜利七十周年

卢沟炮火睡狮醒，民族存亡一战凭。

半壁江山成焦土，阋墙兄弟捍金城。
百年国耻八年洗，一代英魂万代名。
鸿运初开须惕励，东海云黑浪未平。

凭吊南京大屠杀纪念馆

当年曾是万人坑，馆内风犹带血腥。
座座展台陈铁证，声声诉语泣悲情。
庄严审判千钧重，狡诈推脱百态生。
难望顽酋屈一跪，和平钟祭在天灵。

八十感怀二首

一　忆旧居

何处屋檐不庇人，温馨唯有旧居深。
广庭纵可恣欢戏，蜗角犹能养病身。
废址残垣仍在记，楼淹路改已难寻。
梦中化作飞鸿绕，穿越时空分外亲。

二　思故人

物以类分人以群，亲朋师友享天伦。
至交互勉披肝胆，同气相求义薄云。
偶悉吾侪作新鬼，辄思先辈赋招魂。
天堂他日若相聚，重叙当年情谊真。

欣闻粉碎四人帮即兴口占三绝句

按：本书原拟只收 1978 年予攻读硕士学位后之作品，然近来偶翻旧箧，见有 1976 年秋粉碎"四人帮"时即兴所作之三首七绝。当时农村中学正放秋假，予所在之密云县塘子学区正集中于某山村照例办学习班，忽传来四人帮被逮捕之惊天喜讯。当晚无人入眠，予和同住在某农家的几位老师凑钱到该村小卖部买来几瓶劣质色酒与几块咸菜，于土炕上举办了一次别开生面的"雅集""欢宴"，席间诸君诗兴大发，即兴各占小诗若干，予亦成此三首七绝，语词虽不工雅，但诚为真情纪实之作，可算是我正式学习格律诗后初期之作。时隔四十五年后，见此诗犹能重见当时之情景，再燃当时之激情，感慨不已，故破例补录于此。

一

快刀初试斩蓬麻，天网轻收噪暮鸦。
若问天心与民意，酒香飘自万人家。

二

四小哀哀伏巨网，快将美酒满斟来。
今朝且尽三分兴，留待七分审判台。

三

横行螃蟹正肥香，怎敌秋风扫叶狂。
金盏翻飞万民啖，三公一母细蒸尝。

注：三公一母，时值螃蟹上市之时，商贩皆以"三公一母"为一组兜售，以应"四人帮"三男一女之讽，行市火爆至极。

联语数则

贺启先生九一寿联

小楼三月防非典，
大士九如结胜因。

注：2003 年非典肆虐，先生闭门谢客，只得以此联为贺。

代北京师范大学所拟启先生挽联

评书画，论诗文，一代宗师，承于古，创于今，永垂鸿业标青史；

从辅仁，到师大，两朝元老，学为师，行为范，不息青衿仰令仪。

2005 年

代北京师范大学文学院所拟启先生挽联

身为皇族子孙，长于孤裔家庭，受业大师门下，执教名牌学府，先生之生平行状，可谓荣哉，曲哉，犹如传奇哉，痛哉一夕归河汉；

手执书坛牛耳，名列画林巨擘，口吟华采诗篇，手挥宏肆文章，先生于学艺研修，可谓博矣，精矣，不可复进矣，伟矣千秋树楷模。

自拟启先生挽联

天丧斯文长已矣；
我失其怙且偷生。

题学问家启功联

学术之广，经史子集，浩如烟海，能皓首而独诣某家者，已属难得；而今有一人：逍遥无碍，博专兼备，朴学与哲思会通，提升艺术之学术化，世称其"文通"夫子；

文艺之美，诗词书画，烂若锦云，可悠游以超逸数端者，尤为不易；自古无多双：从容不迫，写作俱佳，创作并理论兼擅，引领学术之艺术化，自许是"杂学"先生。

2017 年

启先生联语展颂词

笔走龙蛇，一池墨雨天花坠；
文织锦绣，四壁泉淙雪浪飞。

2007 年

题四川安仁镇惠安里联语

秦汉古风，安仁圣教今犹盛；
江河新貌，惠世慈波久更深。

2006 年

贺《中华辞赋》新刊联语

大雅芸编三月雪，
中华辞赋万年青。
注：三月雪，早春所开之鲜花，香气浓烈。

论格律诗联

休言律调披枷重，
且看红绸舞袖长。

论言行联

立论遵循真善美，
修身砥砺信廉勤。

文　选

赋铭赞

京师赋

　　琉璃古街，重楼相犄，原师范大学之旧地；什刹波光，飞檐映照，故辅仁大学之旧校。岁在壬辰（1952年），二校合并，两强联手，追本溯源，实已百年有六。太平湖畔，蒿莱辟为绿洲；蓟门胜景，烟树掩映群楼。今之北京师范大学，在此续写新版春秋。

　　师范者何？师垂典则，范示群伦也；辅仁者何？以文会友，以友辅仁也。故人文为之荟萃，学术成其渊薮。济济多士，共执陶甄要枢；青青子衿，同瞻学术泰斗。科学思想，西哲为之叹服；道德文章，时贤推为翘楚。桃李无言，下自成蹊，一往盛誉，孰与师大比多？十年树木，百年树人，不二古训，舍我师大谁何？探我历史渊源，古代邹鲁为祖；定我历史地位，现代教育之母。

　　然志存学术，虽竭平生之力；心系兴亡，亦关方寸之间。琅琅书声，常随风云共卷；区区私怀，当与天下相联。弘毅大道，先天下之忧而忧；崇尚真理，以国家之安为安。噫！师大师生，岂止学术精英，亦乃爱国先驱也！新文化潮，妙手著成文章；五四运动，铁肩担起大道。赵家楼头，一把火燃光明于黑夜；天安门前，几声吼挽狂澜于既倒。"三一八惨案"，三烈士喋血街头；"一二·九运动"，众师生舍身先导。"七七事变"，举校负笈陕甘；行行不辍，踏遍万水千山。弦歌嘤鸣，一路相求相投；栉风沐雨，万里如盘如晦。木铎金声，摇动黄河上下；爱国热潮，席卷祁连南北。万世之功，千秋之泽，真可与西南联大媲美！

光复后，反内战，国家解放；建国初，学苏联，院系重组。本期大展宏图，高飞远翥；不料横遭红羊，云横雪阻。批右派，自毁长城；逞极左，竟砸孔府。幸斗转而星移，庆拨乱而反正。去彼左之旧规，来吾导夫先路。科学迎来春天，教育植根沃土。惊雷一响，好雨随风入夜；布谷频催，枯禾喜逢甘露。莘莘学子，奋夺十年之逝水；殷殷老师，大展平生之抱负。改革开放，岁新月新日日新；解放思想，神爽心爽人人爽。尘封书卷，故旧重遇知音；沉寂校园，木铎又振金响。爱生扶弱，贫困生我以援助；尊师重教，教师节我之首倡。春华秋实，励耘必结丰收硕果；弘文励教，乐育自有鲜花竞放。硕士点、博士点，雨后春笋；"二一一""九八五"，率先登榜。评重点、评品牌，常列三甲；论综合、论实力，不外十强。真可谓欣欣而向荣，蒸蒸而日上。

然我百年老校，泱泱学府，岂能仅此即沾沾自喜，固步自封哉！运得天授，神龙正在崛起；时不我待，快马尚须着鞭。百年大计，当以人才为本；科技兴国，必以教育为先。责无旁贷，天降大任于我；义不容辞，我当一往无前。煌煌大业，自励龙头领舞；遥遥征程，人期马首是瞻。勉哉同学，莫愧师范二字；勉哉教师，珍重老校百年。学为人师，道德与文章并重；行为世范，理论共实践相兼。层楼递上，提升综合实力；与时俱进，应变教育转型。坚持特色，保持国内领先；加强研究，赢得世界知名。

噫！方针既定兮，各抱地势走百川。目标既明兮，不破楼兰誓不还。心怀沧海兮，横绝洪涛揽青天。志齐岱岳兮，会凌绝顶小众山。北师大人兮，砺兵秣马奋争先。百年母校兮，老树着花春满园！

注：北师大历史可追溯到 1902 年京师大学堂师范馆之成立。

2007 年

北师大中文系改文学院赋

上国翰林，京师文院。蓟门明月，曾昭百代英才；燕赵遗风，远被千秋文脉。开山立极，二十世纪之初；筚路蓝缕，万千学人之力。初称京师大学堂师范馆，后自立师范大学并辅仁。而自有师大及辅仁之校，既有国文或中文之系。噫嘻，吾校之久，国内比肩北大；吾系之久，校内推溯元勋。前贤显赫，后学葳蕤。宗师开辟，垂则范伦；学子图强，腾蛟举凤。名非浪得，自承百年积淀；业实彰显，更有历代增辉。新松常树，年复一年；巨匠如林，举不胜举。如周树人、钱玄同、黎锦熙先后应聘我系，而新思想、新文化、新国语渐次传播全国。一时之盛，可谓荣矣！

然百年老系，步履维艰。几历沧桑，数次浮沉。反帝反封，拯民族之危亡；倡德倡赛，擎五四之旌旗。文学革命，有我前辈呐喊；国运攸关，有我学长奔波。邻榻犯土，血沃中原之野；木铎宣教，泽被陕甘之域。一唱雄鸡，万象更化；合并辅仁，双璧生辉。名师荟萃，学者云集。孰料红羊浩劫，陆几乎沉；白璧蒙尘，文冲其首。戏学者于反覆，囚名流于牢栏。大祸出于口舌，微命系于水火。一时之衰，可谓凄矣。

星移斗转，否极泰来。改革开放，解硕彦于倒悬；重教尊师，还庠序之冠冕。大纛既张，青衿马首是瞻；声名重振，学者斗拱而依。一代名系，再现国光。民俗之父，人民学者；三绝之巅，一代宗师；章黄嫡传，说文大成；中西融会，文论渊薮。集百家于一身，孚众望于四海。并驾齐驱，各领风骚。著述如林，学高不愧人师；声誉载道，身正可为世范。而四海俊彦，远慕春风化雨；五湖弟子，亲享润物无声。青出于蓝，潜龙会当破壁；冰寒于水，雏凤终将凌空。

古曾有云：承前启后，鉴往开来；今亦有云：与时俱进，开拓创新。维廿一世纪之际，拘于系而不足施展；借百年校庆之时，易为院而更图辉煌。会通开辟，木欣欣而向荣；骞翮远翥，海泱泱而待航。鹏程难量，鸿图可期。然薪火相传，当承前辈之儒风；门楣永继，冀垂未来之典范。实大而声宏，期同人勉励哉；任重而道远，望各界鞭策之！

韶关梅岭古道赋

古关隘之多难以计，古道路之夥难以数。然于古关，余独喜岭南韶关之雄镇；于古道，则独喜大庾梅岭之幽谷。客有不解者而诘之曰："梅岭古道，幽僻不如云贵之茶马，峻险不如剑阁通巴蜀，荒远不如河西之走廊，辽阔不如海上辟丝路。君独喜之，敢问其故？"余曰："唯唯，否否。诚如是言，亦不尽然，且为之赋。"

昔舜帝南巡，流连于斯。奏箫韶而九成，有凤凰而来仪。韶石山因之名天下，韶关城从此入版籍。然浈武之瘴疠，不减云南之泸水；五岭之榛莽，不让湖湘之九嶷。南越可封关而独立，交趾敢挺险而叛离。时至盛唐，大业煌煌；八方朝贡，万国通商；水陆要冲，齐聚北江。废途岂容梗阻，鸟途亟待更张。张公九龄，生于本乡，盛唐第一贤相，南国第一文章。饮冰载怀，奋勇担纲。栉风沐雨，效治水之大禹；执艺规划，若运筹之子房。筚路蓝缕，终成康庄。下抵南海，上通淮扬。路坦坦而方五轨，车阗阗而达四方。货物流而商贾喜，国受惠而民不伤。此无乃贤相之政与盛世之昌乎？

　　客闻之肃然而起敬，敛容而整裳。

　　然商贸之盛特其小，文化之兴更可称。通衢既开，引来各路俊彦；名人纷至，汇聚九州精英。北去达摩，南来惠能。衣钵石上，袈裟自显神力；南华寺内，菩提始沐春风。卓锡成泉，曹溪流溢智慧；施惠及民，山野滋润清泠。众渴得饮，人人可见佛性；寸草能萌，心心相印檀经。而迁客骚人，接踵而至；去国怀乡，格外动情。"折梅聊赠一枝春"，陆凯越岭，陇头知己，会雅士之高风。"好收吾骨瘴江边"，退之南窜，潮州匹马，叹大雪而悲声。"曾见南迁几个回"，东坡回朝，岭上老人，抚长松而送迎。至于宋之问度岭辞阙，难掩长沙之怨；刘禹锡寄词草树，嗟咏骚人之风。王禹偁韶州泊船，拜仰曲江风范；杨万里南华题壁，求教南宗祖庭。风流逸事，不胫而走，传颂至今而无穷。又有桑梓才俊，春风得意，负笈北上，一举成名。北宋余靖，"更加风采动朝端"，庆历新政，可与范欧齐名；清初廖燕，著书"二十七松堂"，倜傥文坛，清闻远播东瀛。噫！真可谓八方辐辏，四海接踵；群贤毕至，百家争鸣。学术从此繁荣昌盛，文化因之霞蔚云蒸。溯本求源，造福新域者，首推开山之九龄；纲举目张，梅岭古道者，堪称缀珠之红绳。

　　客闻之而叹："盛矣，梅岭之胜迹，古今中外，仅罗马古道可比京！"

　　然犹有更动人者。张文献何以著称？曰风度也；余襄公何以著名？曰风采也。风度者何？举止美而神情泰也；风采者何？仪态端而气度帅也。噫，韶关之名士，梅岭之胜迹，莫不肖其神而得其概也。韶石山可以像其威，九成台可以状其安；箫韶乐可以想其美，凤凰鸣可以拟其闲。而梅岭之梅，凌大庾之雪，盘逶迤之山路，绽崔嵬之韶关。染群峰之烂漫，冒霜露而争妍。浮暗香于明月，俯清溪而婵娟。标高格于群卉，傲榛莽而自怜。吐高洁之雅韵，凝坚韧而瘦寒。循茫茫之梅谷，思遥遥之千年。抚斑驳之古梅，与前贤而晤谈。晃花影之摇曳，幻名公之霭颜。梅之萼，不若二公忠心之丹乎？梅之干，不若二公傲骨之坚乎？梅之洁，不若二公操守之端乎？梅之香，不若二公风神之仙乎？人皆争而仰儒雅，君不欲亲厕其间？

　　言未既，客据案而起，曳吾袖而曰："子速携我直至梅岭与韶关！"

　　注：梅岭古道为唐张九龄所开凿。张九龄字子寿，广东韶关曲江人，世称张曲江，谥"文献"。玄宗时曾任宰相，曾预判安禄山必反，惜未得到玄宗采纳。文学亦冠绝一时，史称"自古南天第一人""江南第一流人物""南国第一宰相"，并以玄宗所称赞的"九龄风度"名垂青史。　余靖，亦韶关曲江人，字安道，谥曰"襄"。北宋庆历新政的著名政治家"四直谏""四贤"之一，与范仲淹、欧阳修齐名。蔡襄曾称其"更加风采动朝端"。

2008 年

阅兵赋

——六十大庆观礼作

　　国威如何？可视其三军之势；军威如何？可视其阅兵之式。数里行程，汇集陆海空域为舞台；数十方阵，展示百万雄师之建制。装备日新，浓缩当代科技之精华；风采依旧，展现悠久军队之素质。故建国以来十四次阅兵，即可视为一部新中国军事史；而其最光辉之一页，乃见于六十周年大庆之今日。

　　且看军乐阵阵，军旗与国旗同辉；礼炮隆隆，首长与士兵共呼。慰以"同志们辛苦"，答以"为人民服务"；天地为之动容，山河为之鼓舞。十里长街，鱼阵受阅；百米大道，雁行分列。炯炯目光，洋溢战斗激情；奕奕神采，流淌铁军热血。立则纹丝不动，有如泰山之青松；行则分秒不差，恰似天文之时钟。竖如经、横如纬，出于号令之严整；令则行、禁则止，来自意志之集中。排山倒海，脚踏出征战鼓；披坚执锐，冲决犯阵强虏。枪刺凛冽，光射九天如虹；步点铿锵，气吞万里如虎。

更有战车并驶，陷阵折冲；雄鹰展翅，搏击长空。巨鲲劈浪，游弋海东；神箭昂首，直指苍穹。凡我海疆空域，莫不有我保家卫国之中华神龙！

加之飒爽红妆，亦爱武装；热血男儿，守我四方。鱼水情深，源远流长；同仇敌忾，共筑国防。有批逆鳞者，直如撼树之蚍蜉、挡车之螳螂！

噫，伟大祖国，天长地久；三军强盛，亘古未有。以此克敌，势如破竹；以此攻坚，摧枯拉朽。凡我军民、骨肉同胞，莫不欢欣鼓舞、扬眉翘首！

然《兵法》云：不战而屈人之兵，善之善者也。《尚书》载：舜执干戚而舞，与有苗结欢。我中华民族，自古以和平至上；我威武之师，从来以文德为先。强兵只为保国，矛利才会盾坚；枕戈只为待敌，远虑方能近安。苟非吾之所有，虽一毫而莫取；既为吾之应得，必万代而永传。我神圣之主权，岂容他人虎视；我大好之河山，岂容他人垂涎。凡仇我、敌我、觊觎我、分裂我、欲亡我者，且先过我以钢铁与血肉共同铸就的长城这一关！

书法赋

　　妙哉，中国之文字；美哉，中国之书法。文字之妙，成就书法之美；书法之美，彰显文字之妙。拉丁文重在拼读，识其形即可读其音；中国字缘于象形，辨其状亦可通其奥。拉丁文长短参差，不论上下之对应；中国字方正齐整，有利彼此之映照。拉丁文行行回环，排列字母之组合；中国字字字独立，凝成生命之符号。故西文仅视文字为交流之工具，而中国独尊书法为艺术之瑰宝。

　　书法之美根基于点画之形。笔锋各具姿态，线条舞动生灵。横或如春云舒空，或如秋波传情；竖或如苍松老干，或如剑舞长锋；点或如马蹄飞动，或如坠石忽崩；撇或如夜空星坠，或如修竹临风；折或如山回路转，或如涧水奔腾；捺或如将军赴敌，或如母臂怀婴。抑左扬右，上下均衡。中宫收紧，四延纵横。润如锦带，燥若枯藤。筋脉相连，内藏锋棱。挽臂携手，信步闲庭。噫，文则数言乃成其意，书则一字已见其能。

　　若夫字字之间，若断若连。望之若欹，神则不偏。大小相错，奇正相间。偃仰顿挫，骏爽飞妍。虚实相应，云雾缭绕群岭；黑白跳跃，雁阵飞越晴天。时或旁逸斜出，时或收束遮拦。前有飞龙出水，后有余波微澜。上乍洒脱跳踯，下则坚础安盘。相互蝉联而下，一贯气足神完。至若行行之间，更是气象万千。如路旁行树，干分立而叶交攀；似双峰并立，山相隔而中飘岚。所谓行气，所谓章法，血脉相通，洋洋大观。静如澄潭碧水，风平浪静，月照花林，岸芷汀兰；动如横风斜雨，百瀑争瀍，咫尺万里，满纸云烟。极尽纵横捭阖之势，又无不合法度自然。

　　而书法之美又因时、因体、因人而变也。概而言之，甲骨简古拙朴，钟鼎凝重矜庄；小篆婉曲柔美，汉隶波磔飞扬；魏碑遒劲挺秀，唐楷大度堂皇。行书若穿林溪水，灵动而俊逸；草书如惊飙戾天，飞腾而开张。贤哲之书温醇，俊杰之书阳刚；才子之书秀逸，畸士之书深藏。具而言之，王右军高华典雅，如谢家子弟；《兰亭序》秀韵潇洒，千古墨皇。颜鲁公雍容笃厚，似庙堂重器；《祭侄帖》沉郁浑融，想其忠良。结构严谨、刚柔相济有"颜筋柳骨"；流电激空、快意御风有"张颠素狂"。苏东坡雄浑磅礴，状如奔浪，滚滚而来，汇成浩瀚之长江；黄鲁直长枪大戟，貌若截竹，笔笔顿挫，点染梅干之老苍。更有妩媚如赵松雪，轻松如董其昌，卓立如郑板桥，狂怪如徐文长。恍兮惚兮，莫不如七宝楼台，眩人眼目；灿兮烂兮，如瑶池仙会，齐舞霓裳。后之观者，如偷儿乞丐，乍窥金谷；荒村野老，忽至苏杭。不知何以措手，只能瞠目结舌抚膺而徜徉。

然风格迥异，尽在尺素之间。所谓理一分殊，月印千潭。而其一者，乃外师造化，中得心源。师造化者，识天象，览河山；观蛇斗，想龙蟠；察人物，品衣冠。以至听嘉陵江水而知气象之宏远，观剑器舞而知笔势之波澜。得心源者，脱形迹，得大观；知韵味，忘言诠；虚澄怀，充内涵。未有不积学而能得其妙，从无不道古而可超名贤。噫，手挥五弦易，目送归鸿难。不由灵台，必乏神完。与天为徒，与古为徒，迹与心合，自成方圆。遂立景象于胸中，传千祀于毫端。

喜古人书法之美，动我辈临池之心。文房四宝助我雅兴，历代碑帖度我金针。古砚微凹，墨香绕陋室；柔毫落纸，月晕成浅深。钟王颜柳争为示范，苏黄米蔡竞作知音。初亦步亦趋，只知摹其点画；故缩手缩脚，仅能状其爪痕。误书法之易学，叹其道之精深。知书艺之欲成，需用功而终身。几搁笔以长叹，又展纸而重温。尝夜卧而画被，默点画而穿衾；时临街而赏匾，引路人而侧瞬。渐颓笔以成冢，觉皮毛之略存。积字纸以盈室，喜形迹之渐臻。然脱摹本而自写，顿见肘而捉襟。虽口吻似略近，终东施而效颦。哀今我还是今我，古人仍是古人。复沉思而冥想，悟前贤之可钦：胸中纳诗书万卷，眼中增天下见闻。心怀一生积蕴，笔走万里风云。盖书

乃心画，书如其人。人以性情为本，书以性情为魂。欲
探文墨之妙有，当索性灵之至真。于是吮毫含墨，意在
笔先，情余笔外，挥洒由心；澄心静虑，收视反听，用
志不二，乃凝于神。拟古而不泥于古，学步而不步后尘。
展方寸之能而千里在掌，挥纤毫之笔而万象由心。幽思
入于翰墨，逸气上干星辰。我自发我肺腑，我自流我芳
芬。情趣为第一至要，审美为不二法门。随春秋之代序，
谢天道之酬勤。虽形质犹略稚，渐个性之可寻。信日进
以致远，欣枯笔而逢春。似与古人相对而视，欣欣焉穿
越古今。

　　噫！书法既为艺术，学者当应自尊。不计结果于功
利，只享过程之温馨；莫贪姓名垂于书史，但求秋实不
负春耘；休窃虚名以欺众，应图书艺之超群。切勿以标
新立异为终南快捷方式，更勿立奇谈怪论惑初学智昏；
切勿以粗头乱服为高古，以东倒西歪为童趣；更勿以莫
名其妙曰现代，以鬼魅画符曰创新。立修身养性、宁心
冶志为宗旨，树开慧增智、怡情悦目为本根。此即中国
书法之艺术，此即中国书法之人文。

　　　　　　　　　　　　　　　　　　2010 年

围棋赋

　　有黑白二氏，同属石族；兄弟众多，体态相如。大如拇甲，状如丘弧。黑氏凝重如墨玉，白氏温润如明珠。平时或蜗居于草堂，或蛰伏于木屋。然一遇楸枰，则奋勇而争出。无地位之高下，无身份之分殊；无车马之横行飞跃，惟次第跟进之士卒。御敌则安如山止，取势则闲似云舒。败走耻江东父老，入关践盟誓之初。于是人人效命，争作攻城拔寨之勇士；个个无畏，甘为全局胜利而捐躯。各尽其能，共略楚汉之分野；各施手筋，同谱合纵之宏图。

　　清风佳茗，羽扇纶巾，弈者端坐于纹枰，有如指挥万马千军。一十九路经纬，即广袤之沙场；三六一点交叉，皆战略之要津。一路重千里，一子重千钧。每着一手，千变万化随其后；每拈一子，千思万虑凝其神：何以据边角，如背山临水，待机而动，徐图而缓取；何以扩中腹，如居高望远，鹰击鸟瞰，虎视而鲸吞；何以出奇兵，如明修栈道，暗度陈仓，围魏而救赵；何以出疑兵，如鱼饵诱敌，投石问路，先纵而后擒。过犹不及，欲速不达，明察出于三思；当断不断，反受其乱，决策常在一瞬。勿举棋不定，优柔寡断，如官渡多疑之袁绍；宁背水列阵，破敌朝食，如井陉果敢之韩信。勿浮躁轻狂，失衡无措，终成树下之庞涓；宁坚韧如盘，引而不发，且作车中之孙膑。勿目无对手，投鞭断流，如淝水大败之秦苻坚；宁运筹帷幄，决胜千里，如赤壁大捷之周公瑾。或扼要作塞，如一夫当关，兵踞蜀道；或辟疆启宇，如八王走马，鹤翔沙汀。或审时度势，楚河汉界，点目而分胜负；或尸横遍野，屠龙争劫，大杀而小输赢。或一剑封喉，挽狂澜于既倒；或英雄气短，惜功败于垂成。噫，围棋者，子声之叮咚，胜似战马之嘶叫，智力之博弈，不啻无烟之战争。

然围棋之功用，非惟培养人之智力，亦可修养人之情商。盘上几多风云变幻，人生几度浮沉，世事几度沧桑。面对选择，需沉稳果断兼顾；放眼疆场，知机遇挑战成双。既不可一味退避，亦不可一味逞强。退避终失良机，张狂反遭速亡。己必有所短，人必有所长。强固可以胜弱，柔亦可以克刚。小智不及大愚，强申未若暂藏。曹阿瞒之机诈狡黠，终难胜刘玄德之养晦韬光。攻彼顾我，舍小救大，慎勿轻速，动静有方；围棋之秘诀，何异于商界与职场？行乎当行，止乎当止，行宜为义，止戈为武；于对立中求共处，于竞争中行正当。故围棋又称手谈，当彼此心照，默契、妥协、互利、互让，践人生之妙理；围棋又称坐隐，当澄心静虑，戒骄、戒躁、勿贪、勿幸，求境界之高扬。得不为荣，失不为愠；胜固可喜，败亦平常。胜败既分，坦然处之；相揖一笑，复盘更张。发乎艺，止乎道，盘内之艺精进，盘外之道孔彰。

然围棋之奥妙，更有令人遐想者。围棋何以自古无同局？乃因其变化之多竟达三六一之阶乘。人不能穷其变化，犹如不能尽数夜空之群星。邃密博大，穷万变于二元；含蕴深远，缩天地于一枰。百余枚黑白子，有如阴阳二气之交合，衍生万物无尽之变化；十九条横竖格，有如经纬二线之交织，仿佛天体神秘之运行。棋局小世界，世界大棋局；子落于枰上，神驰于沧溟。混沌之宇宙，凭想象力展翅；空旷之棋枰，任创造力飞腾。法乎天地，则棋势自胜；依乎自然，则棋理尽情。面对棋枰，遥想宇宙；面对棋局，觉悟人生。遨游人生与宇宙神秘之天地，领略人生与宇宙和谐之规律，此乃棋手之极乐，岂止斤斤计较于一目半目之输赢！

然围棋之价值，犹在于中华文明之传承。昔尧舜肇始，以教其子；孔孟倡之，以备多能。至隋唐大盛，两宋继之，远播朝鲜、越南与东瀛；近代式微，当代重振，遍及欧洲、北美与拉丁。噫，国运衰则棋运衰，国运兴则棋运兴。一着一式，包蕴无限古人之智慧；一黑一白，凝聚多少文化之精英。中外棋牌之种类多矣，智力之游戏夥矣，若论历史悠久、精深博大，孰可与围棋争锋？以棋会友，闲窗对弈，有如乘凉大树，止渴甜井，无不沐浴古哲之春风；三五同道，围炉赏局，有如高山仰止，景行行止，无不惊异古人之聪明。

美哉！围棋实乃中华文明之象征！

伟哉！围棋堪称中国第五大发明！

2010 年

九鼎铭并序

——为国家博物馆重铸九鼎而作

昔我远古，洪水横流，浩淼乎怀山襄陵，下民不堪其忧。嗟我大禹，天智昔我远古，洪水横流，浩淼乎神能，规略乎疏壅导滞，九河终为之平。于是中国始定，黎庶安适，疆理五服，而奠九州之制。更收九牧之金，熔铸九鼎，图画山川，而赞王业之盛。然九鼎既成，仅迁延三代，后战火频仍，竟不知所在，真乃千古之憾事也！维公元二〇〇六年，我国宝时代工艺研究院，钩沉史料，精心陶冶，重铸九鼎，继绝兴灭，真乃当今之盛事也！鼎成而为之铭曰：

厥民之初，宇宙洪荒。草木繁盛，浊水泱泱。无地择居，人心惶惶。天降神禹，拯民危亡。决壅浚薮，治水有方。筚路蓝缕，蹈厉发扬。手胼足胝，身劳心伤。八年始成，物阜民康。乃划九州，中土有疆。乃成国家，传之汉唐。因铸九鼎，以纪其昌。镌刻山川，以期久长。

然兵燹连连兮，世事沧桑；越三千年兮，坠绪茫茫；人皆叹惋兮，翘首以望。幸斗转星移兮，国势更张。有识之士兮，奔走担纲。九鼎再铸兮，错列殿堂。美轮美奂兮，古朴端庄。文质彬彬兮，德政重扬。国人雀跃兮，争睹国光。百兽起舞兮，凤凰来翔。先祖在上兮，安享蒸尝与馨香。盛世煌煌兮，宝物焕彰以永藏。国运绵绵兮，恒若朝阳固金汤。

2006 年

启功先生铜像赞

　　大学者何？大师辈出之谓也。大师者何？道德文章之谓也。维我百年名校，今日道德文章者谁？吾师启功元白先生是其一也。"学为人师，行为世范"，虽为先生所拟之校训，实亦先生一生之写照也。吾侪有幸，曾亲聆先生之教诲，虽或远在海隅，或年近暮齿，然师恩之情永世不敢忘也。今于先生辞世周年之际，特立铜像一尊，以为永久之纪念。赞曰：

　　铜像既铸，音容永固。供我后学，瞻趋如宿。

　　铜像既成，丰碑永恒。树我后学，千秋范型。

　　注：铸像后正式用文有较大的改动。

2006 年

"五四"百年赋

年年都有五月四日，然最值得纪念者为百年前的一九一九。一九一九，"医救医救"，医治民族之灵魂，救赎国家之危亡，是其伟大成就。

穿越时空隧道，回顾历史进程。鸦片战争的炮火，使中国沦为半封建半殖民地之社会；洋务运动的代表，学西洋发出求改良求维新之回声。强军救国者如李鸿章，购洋舰、练水兵，然三砖两瓦之修补，怎敌它大厦将倾？实业救国者如张之洞，办工厂、通贸易，然涓滴细流之远水，怎救它燃眉之急？噫！本欲临时抱佛脚，师夷之技以制夷；无奈病已入膏肓，扁鹊重生难再医。

强军、实业黯然收场，政体变革竖起大旗。岁在戊戌，康梁变法。既欲保留帝制，效法东瀛之明治；又欲君主立宪，学习欧陆之泰西。然睡狮自可酣其梦，恶虎难与谋其皮。百日维新，片片政令空飞舞；六君殒命，滴滴鲜血长叹息！

　　变法不成，唯有革命。岁在辛亥，武昌首义。轰隆隆炮声一响，呼啦啦清廷倒毙。陈腐之封建帝制终于退出历史舞台，新生之民国政体从此屹立中华大地。此乃辛亥革命之大功也。然民智未开，人心依旧，共和之政体虽建，共和之精神未立。内有军阀混战，外有列强环伺，故先总理训曰："革命尚未成功，同志仍需努力"。

　　要成功，需努力，文化革命是本根。文化决定思想与观念，文化乃是民族之灵魂。惟有清算旧文化之糟粕，方能对旧思想釜底抽薪。旧文化给予封建统治者的是专制独裁，固步自封，不识时务，腐败与荒淫；在亡国灭种之时仍妄自尊大，视列强为番邦蛮夷，视自家为天朝圣君。旧文化鸩毒人民的是忍耐屈从、苟且麻木、不思进取，甘做逆来顺受之小民。噫！哀大莫过于心死。五四先哲们哀其不幸，怒其不争，抛掉"彷徨"，转为"呐喊"，正如鲁迅先生所云：体格虽壮，精神已死，在任人宰割的时代只能是一个"毫无意义的示众材料和看客"。只有掀翻压抑在头上的层层铁幕，冲破锁住手脚的死亡之门，民族方有希望，国家才可生存。

　　有破亦须有立，新旧方得更张。世界潮流，浩浩荡荡，旧文化逆之必亡，新文化顺之必昌。"民主与科学""自由之思想，独立之精神"，乃是五四先哲为新文化开具之良方。惟如此，人才有精气神，彻底摆脱旧文化的羁绊，发挥民主带来的活力，在世界舞台上变喑哑为高歌引吭；国才有发动机，高度发挥新文化的才智，开足科技燃起的马力，在古老土地上变贫困为繁荣富强。思想的启蒙蕴育出革命的实践，文化的创新催生出时代的曙光。迎接它的是"共产主义的幽灵"；回报它的是三十年后五星红旗的飘扬。

　　百年一瞬，历史重温。今日之解放思想，正是当年"民主、自由、独立"之延续；今日之改革开放，正是当年提倡科学，追赶世界潮流之创新。由此亦可反证：五四之意义何其大，五四之影响何其深！

启功先生书法喻赞

集启先生之语、前贤之语及自家之语以成。

先生书法之潇洒，恰如《论语》曾皙所言："暮春者，春服既成，冠者五六人，童子六七人，浴乎沂，风乎舞雩，咏而归。"

先生书法之闲适，非如峨冠朝服，相见于庙堂之上；而如文人雅士，轻裘缓带，促膝于几榻之间，以性情相见；又如山林隐士，不衫不履，吟咏于松下溪畔，转见其风采。

先生书法之隽美，与其比如美女簪花，顾影自怜，不如比作翩翩少年，于烟花三月，时而信马由缰，驰骋于柳岸花衢；时而系马高楼，高歌于胡姬酒家。

先生书法之雅致，如周敦颐笔下之莲花"出淤泥而不染，濯清涟而不妖，中通外直，不蔓不枝，香远益清，亭亭净植，可远观而不可亵玩焉。"又如李商隐笔下之《锦瑟》："沧海月明珠有泪，蓝田日暖玉生烟。"

先生书法之自然，有如黄山之云，随风势而蒸腾；如九寨之水，随山势而赋形；如蚊子叮铁牛，不可名状；如庭前柏树子，秉性天成。

先生书法之随意，如武林高手，于小酌之后，乘兴而舞，不求正式表演之周全，却顾盼生辉，虎虎有生气。

先生书法之富于变化，恰如东坡诗《望湖楼醉书》所云："黑云翻墨未遮山，白雨跳珠乱入船。卷地风来忽吹散，望湖楼下水如天。"

先生为结字大师，其结字与行笔之妙正如先生引杜诗所喻，行笔如"乱水通人过"，结字如"悬崖置屋牢"。

先生为细节大师，一丝不苟，笔笔不乱。如左昭右穆，谱系周全；文武列班，进退有序。即使行草多变，亦若欧阳修秋声之喻："如赴敌之兵，衔枚疾走，不闻号令，但闻人马之行声。"

先生之草书，如老杜笔下之公孙大娘弟子舞剑器"㸌如羿射九日落，矫如群帝骖龙翔。来如雷霆收震怒，罢如江海凝清光"。

先生之行书，如虢国夫人，国色天香，"淡扫蛾眉朝至尊"；如浣纱西子，一颦一笑，"淡妆浓抹总相宜"；如出水洛神，"翩若惊鸿，婉若游龙"，"仿佛兮若轻云之蔽月，飘飖兮若流风之回雪"。

先生之楷书，外刚内柔，刚柔并济。刚如殿前之武士，剑戟森严，甲胄鲜明，凛然呈威武之势；柔如殿内之队舞，长袖婉转，回环往复，曼妙焉不失整饬。

先生之小字，如"芥子纳须弥"，能吞吐大千之世界；如滴水透阳光，能折射七色之彩虹。

先生之榜书，如五岳之于五方，小众山而雄踞云岭；如江河之于大地，纳百川而东流大海。

先生青年书法之遒劲雄浑，如鸿鹄翔天，鲲鹏击水，豪气逼人。又如"月出于东山之上，徘徊于斗牛之间"，英光四射，前贤为之避让，凡俗为之瞑目。

先生晚年书法之老辣古淡，正如东坡所云："渐老渐熟，乃造平淡，其实不是平淡，乃绚烂之极也。"亦如东坡另云："发纤秾于简古，寄至味于淡泊。"

总之，先生书法之神采气质、人文涵养、书卷韵味，恰如稼轩《沁园春》咏山之博喻："争先见面重重，看爽气朝来三数峰。似谢家子弟，衣冠磊落；相如庭户，车骑雍容。我觉其间，雄深雅健，如对文章太史公。"

先生书法之成就地位，"不废江河万古流"，如可穿越时空之隧道，由当今跨越清、明两代，直接元代之赵孟頫，堪称"间数世"之巨擘，"不世出"之大师。

　　　　　　作于 2012 年 7 月，启功先生百年诞辰之际

序跋随笔

禅学要义题解与前言

一日，某大德到寒舍，见余正伏案爬格，问曰："是何书也？"余曰："《中国文化经典要义全书》主编责成我写一本《禅学要义》。"大德闻后，思忖片刻，曰："此诚盛事，然各中华文化要典皆可称'某某要义'，独此书不可。"余曰："为何？"大德曰："此乃禅之特性使然，用此四字为题实为不妥。"余曰："愿闻其详。"大德曰：

"先说'禅'字。禅之宗旨乃'不立文字，教外别传，直指人心，见性成佛。''不立文字'，即不能用语言文字表达，今却偏要成书，岂不大谬？'直指人心，见性成佛'，乃纯心灵感受，神奇莫测，冷暖自知，岂他人闲言语所能道？岂不闻当年南岳怀让云：'说似一物即不中'；丹霞天然云：'禅可是你解底物？'

"再说'学'字。此字缀于别的字之后尚可，甚或时髦，置于'禅'之后则不通。试想禅本身即玄妙神秘，难以言语明示，又何来其'学'？况古德最反对者即是对禅妄作知解，如今非将它按在禅之头上，岂非大违本意！

"再说'要'字。此乃四字中最不通之字。试想，禅之一字本已难说，学之一字又属妄加，大义都难说，粗义都难陈，要义又从何谈起？岂非大言不惭，欺世盗名？要义者，即古德所说第一义。第一义，不可道也；可道者，绝非第一义。昔日多少学人向师求第一义，皆遭棒喝，汝今居然敢向别人妄示第一义，此非欺人而何！

"最后说'义'字。义有正邪，了与不了。正者称正义，不正者称邪义；明白为了义，昏昧为不了义。前三字既已不通，请问这义字是了是不了？是正是邪？"

余曰："大德之言诚是。然此书乃为丛书之一，其余皆名'某学要义'，独我称'禅学陋义'，可乎？且禅最推崇者，活句也；最忌讳者，死于句下也。一味是是而非非，亦为两头语；死守两头语，亦落因果等级差别之中，则是者未必是，非者亦未必非也。余亦不妨细加分析：

"先说'禅'字。禅虽为不可进入之绝对本体，不可说，不可知，但非不能接近，亦非不能说，不能知。其法曰'绕路说禅'，'谈而不谈'。再者，禅虽很神秘，亦很平常；虽很深奥，亦很简单；虽很玄虚，亦很实在。岂不闻马祖云：'平常心是道'，'行住坐卧，应机接物，尽是道'乎？禅既非常道，亦非非常道；故既不可道，亦可道。

"再说'学'字。任何事物，伊始之时皆无所谓'学'，但积累日多，自然形成'学'。禅何必例外？禅宗已有千余年历史，为后人留下丰富宝库，总待整理研究，非但今人如此，前人早亦如此，《楞伽师资记》《宗镜录》《传法心要》等等，岂不皆是禅学之作？此类书可引人入门，有如以指指月，读者幸勿以禅学即为禅，以指即为月则可矣。

"再说'要'字。说禅而称'要'，确实有些不知天高地厚。但要与繁为相对义。禅之要不可言，禅之繁即可言乎？二者皆为假名，曰要曰繁皆聊借假名而已。再者，要者，精也。不闻《五灯会元》所载宝积禅师事乎？'幽州盘山宝积禅师，因于市肆行，见一客人买猪肉，语屠家曰："精底割一斤来。"屠家放下刀，叉手曰："长史，那个不是精底？"师于此有省。'屠家称赏所卖之肉，故曰：'长史，那个不是精底？'今我亦称赏所说禅法，故敢反问：'大德，这禅法又哪个不是精底？'

"最后说'义'字。义之了与不了、正与邪，既在说者，更在闻者。妙高峰上虽不容商量，第二峰头却不妨言说。岂不闻《碧岩录》云：'若是透得底人，便乃七穿八穴，得大自在；若透不得，从前无悟入处，转说转远也。'又岂不闻怀让云：'汝学心地法门，如下种子，我说法要，譬彼天泽。汝缘合故，当见其道。'愿读者皆是透得底人，皆能自了其正义，以补说者之缺。"偈曰：

禅而曰学虽荒唐，又曰要义岂敢当？

聊借假名从门入，得意忘名又何妨？

大德闻后，强颜笑曰："饶汝善辩，姑且容之。然指虽不是月，但幸勿错指方向，'以盲导盲，相将入火坑！'"余悚然而问："敢问其方？"曰："一言以蔽之，多谈现象，少加评论；多摆事例，少谈理论，令读者自阅自评，自解自悟。如今谈禅佳作颇多，然有些或先入为主，想以一己之见牢笼天下禅学；或食'洋'不化，用西方理论硬套中华哲学；或妄加评论，企图一朝一夕即一白千年之积案；或自视甚高，以为一书既出，禅尽入吾彀矣。此正所谓强作知解，头上按头，痴人说梦也。"

余大悟，拱手谢曰："谨如教。"

1996 年

注启功先生《论书绝句一百首》后跋

　　有感于国内很多读者喜读此书，但有时难得其解，国外某些学者想译此书，但多少终感困难，启先生决定将此书加一较详的注释，并责成我协助笔录。耳闻笔录之余，所获所感至多，必欲一吐为快，今特效颦启先生一诗一文为一篇的形式，共得八篇，诗之用韵姑随今习。时值一九九九年春。

一

　　　　　法帖书家千百论，对君指点似家珍。
　　　　　何须电脑繁存储，一任先生调往频。
　　　　　（"论"作约数讲时读平声。）

　　据不完全统计，《论书绝句一百首》涉及各种版本的各种碑帖，或专讲碑帖的书籍凡二百八十余种，涉及历代书法家或书法理论家凡二百三十余人。如果仅以每人有一名、一字、一号、一爵里而论，二百三十余人则有近千种称谓。对如此众多的碑帖和书家，启先生皆烂熟于胸。论碑帖，大至风格流派，小至贼锋渺痕，无不历历在目，成竹于胸；论书家，大至生平事迹，小至奇闻逸事，无不了如指掌，信手拈来。然此仅为该书所涉及者，尚未列入之帖，尚未阑入之人，所在多是，启先生亦无不可如数家珍，娓娓道来。然此仅为碑帖一学，至于文学、史学、绘画，乃至平生师友之风义、朋友之交往、亲戚之过从，亦无不如是。难怪人称启先生的脑子为"活电脑"。然电脑还需一一存储调出，何如此"活电脑"来得如此便捷活泼！

　　古人强分"识其小"与"识其大"，并将"识其大"者称为贤者，然则像启先生这样大小毕识之人又该称为何者？圣者欤？神者欤？

二

　　　书学自古讼纷纷，谁肯金针度与人？
　　　今有一编君且读，真知灼见指迷津。
　　真知灼见者，绝非门外理论家云山雾罩的高谈阔论，也绝非刚入门者就事论事的品头品足，而是熟知个中甘苦的门内人集一生经验之所悟。就启先生一生不离书法事业的经历、学养、成就而言，其对书法的见解才堪称真正的真知灼见。

1. 如就墨迹与碑帖的关系而言，他主张"师笔不师刀"，"透过刀锋看笔锋"，认为只有更看重墨迹才能更好地学习生动活泼的点划使转，但枣石碑版亦不可偏废，但须如观"李夫人"影耳。2. 就用笔与结字的关系而言，认为结字更须当先，其中甘苦，"惟骨肉不偏为难"，而对结字关系当符合"黄金率"的发现，更是一大发明。3. 就书法风格而言，认为自然天成乃是最高境界，正所谓"神全原不在矜庄"，"譬之峨冠朝服相见于庙堂之上，不如轻裘缓带促膝于几榻之间为能性情相见也"，因此对强分流派、强作鼓努、强求古意者多加批判。4. 就各种书体而言，认为每种书体都是随时代的发展应运而生，都有不同的功效与美感，因而不能对它们强加轩轾。5. 对人品与书品的关系，认为虽不像柳公权所说"心正则笔正"那样简单，但也应有郑板桥那样，"躁释矜平"，"秉刚正之气，而出以柔逊之情"的胸襟，才能达到最高境界。凡此种种都可谓真知灼见也。

三

明月清风酒一壶，《论书》妙语意何如？
钳头银篦击节碎，下酒何须用《汉书》。

对历代碑帖，藏家只宝其书而不重其文，此即启先生所谓"滔滔骈散终何用，几见藏家诵一通"。然《论书绝句》则不同，不但前面百首绝句的墨迹精妙绝伦，令人赏心悦目，后面百篇短札的文章亦生动至极，令人爱不释手。

　　同样是滔滔骈散，但"龙门诸记，豪气有余，而未免于粗犷逼人；芒山诸志，精美不乏，而未免于千篇一律"，"崇碑巨碣，得名笔而益妍；伟绩丰功，借佳书而获永。是知补天之石，尚下待于毛锥；建国之勋，更旁资于丹墨。虽燕许鸿文，韩柳妙制，于毡蜡之前，仅成八法之楦"，"乃知按模脱墼，贤者不为，而登楼用梯，虽仙人不废焉"，道理阐释得何等深刻，语言组织得又何等精彩。

　　启先生还以比喻擅场。如讽刺只知墨守碑刻而怀疑墨迹之人为"见橐驼谓马肿背"，形容倪瓒之"精警权奇"为"有阮嗣宗白眼向人之意"。批评褚遂良强求古意为"可怜鼓努三龛记，乍绾双鬟学霸王"，读之都令人神观飞跃，倍感亲切。噫，"几见藏家诵一通"，今则见矣；不但见矣，且何止一通！

四

　　玉液琼浆满翠樽，当筵流溢亦芳馨。
　　不经意处两三语，最是人间绝妙文。

　　大凡人一旦进入高妙境界，其一言一语，一颦一笑，一举手一投足，无不神采飞扬，令人向慕。如吴道子信笔点染，皆能惟妙惟肖；李延年轻舒歌喉，使得响遏行云。此无他，本色所致耳。启先生的诗文亦如此。该书虽以论书为主要内容，但在似经意、似不经意之间，常有一些信手所致或旁说侧论之笔，或说古论今，或论政议治，或褒贬人物，或感叹人生，无不闪烁着智慧的火花，凝聚着深刻的哲理。文章得以增辉，读者从而受益。此亦无他，通体皆醇，流溢自当芳馨耳。

如在论辩"蜀贼"本到底应否称诸葛亮为"贼"时，引出"桀犬吠尧，尧之犬亦吠桀也"一段，此段仅六十七字，但其转折起伏之多似可与王荆公九十字的《读孟尝君传》比美，单抽出来，亦可成为一篇精美绝伦的小品，而且深含莫论物议、只须做人的哲理。又如说到粉饰唐太宗鸿业的九成宫碑时，先于诗中说："行人不说唐皇帝，细拓丰碑宝大欧"，又于文中明确点明，后人所重者只在其字，不在其文："文且无关，何有于事？事之不问，何有于人？乃知挂弓之虬须，有愧于书碑之鼠须多矣！""故昔人云：翰墨之权，堪埒万乘也！"将何谓不朽的道理说得何等痛快淋漓！其余如"庸医杀人，世所易见，名医杀人，人所难知"；"石刻斑剥，壁上之鬼神也；墨迹淋漓，人间之狗马也，欲有借鉴，惟画狗马而不画鬼神，其券可操之于己耳"，不一而足，皆可作如是观。

五

虽然臧否必求真，笔下何妨赤子心。

每到寸心相感处，抛书掷笔泪沾襟！

本书虽以评介碑帖、臧否人物为主要目的，但评介与臧否亦有高下之分，低者仅能述其情状，高者则能写出感情。很多碑帖的背后都有一段生动的故事，每到此处，启先生即为之驻足，为之徘徊，为之低回叹惋，为之唏嘘慨叹。于是叙述文字变为抒情文章，死之碑版注入活之灵魂，读之令人回肠荡气。即此可知，启先生不但是学问中人，更是性情中人。

如在评介羲之《丧乱帖》时，据帖首"丧乱之极，先墓再离荼毒"之语，便在诗中发出"大地将沉万国鱼"的感慨，而此时正值神州沦陷的抗战之际，启先生的一片爱国之心便跃然纸上。在评介恽寿平时，说他"生丁桑海之际，崎岖戎马之郊。……一水一石，巍并西山；一草一花，香齐薇蕨"，这不但是对恽寿平的歌颂，更是对民族气节的歌颂。又如在评介张猛龙碑时，于诗中写道："小人何处通温清，一字千金泪数行"，在评介汪中书时，于文中写道："逮读至与汪剑潭书，泪涔涔滴纸上"，何以至此？盖想到自己"周晬失怙，先母抚孤，备尝艰苦"之故也。一派慈爱之心不亦"若助风木之长号也"？又如评杜牧张好好诗而感慨故人早逝，

"何胜人琴之痛也";评宋克书七姬志碑由感慨七姬血肉,伤文人难获令终。诸如此类,皆是从性情中流出的好文章。

六

雅事自当雅语吟,更将谐语走逡巡。

峰回路转开新境,读罢《世说》读《笑林》。

启先生是幽默之人,故其文亦多诙谐之语。然诙谐亦有雅俗,调侃亦分高下。俗者、下者,不离插科打诨的市井气;雅者、高者,多富令人解颐的书卷味,故幽默诙谐也是一种品位、一种文化。它需以坦荡大度的胸襟为人格基础,以游刃有余的学养为文化背景,凡俗木讷之人岂可企及。该书介绍的虽是刻板的碑帖之学,至多能牵扯到一些文人雅士的旧闻逸事,无更多的笑料可资,无特别的猎奇可言,但启先生的诙谐幽默仍时时可见。

如借助米芾评蔡襄为勒字,黄庭坚为描字,苏轼为画字,而自己为刷字,及以"世人皆以芾为颠,愿质之子瞻"的传说,论述米芾书法之气势;借助"苏黄互嘲其书,有石压蛤蟆,枯梢挂蛇之谑",以黄庭坚《松风阁》诗中"'夜雨鸣廊到晓悬'句以喻黄书,亦枯梢挂蛇之意耳";借助药山惟俨"牛皮也须透"之语,巧妙地为自己年轻时只注重枝节而解嘲。至于包世臣将自己既论文又论书的集子称为《艺舟双楫》，而康有为一心想超而过之，将自己只论书的集子称为《广艺舟双楫》，结果只落个不伦不类，而被人戏称为《艺舟单橹》，则可直入《笑林》。有这些花絮穿插，再专业化的论述，也显得轻松幽默，趣味横生，令人忍俊不禁了。

七

论书佳作古纷纷，难比斯编美且新。

仰望经天行白日，晨星寥落月黄昏。

古人的书法著作不胜枚举，如张彦远的《法书要录》、孙过庭的《书谱》、董其昌的《画禅室随笔》、何绍基的《东州草堂题跋》、包世臣的《艺舟双楫》、阮元的《南北书派论》、冯班的《书法正传》、康有为的《广艺舟双楫》、王文治的《快雨堂题跋》、叶昌炽的《语石》、张伯英的《阅帖杂咏》等。这其中当然不乏佳作，但或限于所见真迹不多，眼界难以阔大；或限于过分追求专门，立论难以展开；或有意故作玄妙，竟陷入始艮终乾的呓说；或只知墨守成规，跳不出捏碎笔管的俗套。更有甚者，牵强附会，强分流派，流毒甚广，徒成遗憾。

但启先生的书绝没有这些遗憾。该书资料丰富，论述全面。从古老的宫廷秘藏、历代珍品，到新出土的汉魏木简、晋人墨迹；从国内少数民族的书法家，到国外诸如日本的书法家；从帝王文臣到诗人和尚，作者无不涉猎，包笼备至。其眼界之宽、所见之多，是前人不可企及的。其论述大至风格流派、书体发展，小至版本考辨、趣闻逸事，亦无不自由驰骋、纵横如意，真可谓兼收并蓄、细大不捐，内容之丰富灵活也是前人无法望其项背的。再加之观点深刻，见识卓绝，笔带感情，文采斐然，诗文结合，体例新颖，足使它成为前无古人的传世佳作。前代诸贤于九泉之下亦当相视而笑，颔首称道矣。

八

每趋函丈愧愚顽，仰望高原数仞间。

幸得玄机聆夜半，依稀似可望庭轩。

余自1978年起，受教于启先生门下。1981年留师大任教后与启先生接触益多。但于人前每愧称为启先生的学生，因自知水平太差，恐有辱师训耳。但启先生于我总是不吝赐教，或耳提面命，语重情长；或寓教于聊，慢慢熏陶。这次又不顾八七高龄，抽出二十余晚，不厌其烦地为我逐一讲解这《论书绝句一百首》。人生能得此一师足矣、幸矣！

余于被人称为"黑老虎"的碑帖之学从无涉及，可谓"书盲"，二十讲之后不但"脱盲"，而且近水楼台，得到很多秘传，黑虎之学可谓大增。但平心而论，此仍是其小者。每当面对启先生从容不迫、谈笑自如地纵横捭阖谈古论今、指挥倜傥出入百家时，我才真正地感受到何谓学问，何谓知识，何谓博大精深，何谓高山仰止，何谓书山有径，何谓学海无涯。每当窗外万籁俱静、月明星稀，窗内一灯如豆、影映壁上时，我才真正地感受到何谓师长的诲人不倦，何谓弟子的如沐春风，何谓薪尽火传的传承，何谓顿开茅塞的领悟。小子不敏，但必将受之终生！

1999 年

《全杜诗新释》题后

这是一部用五十年时间磨砺出来、用两代人心血浇铸出来的书。

原作者李寿松先生从 50 年代初就开始编著此书。起初的动机是有感于某些杜诗的注释特别是某些新注不够准确，于是着手编了一部杜诗选注。1957 年，就在人民文学出版社决定出版的前夜，作者被错划成右派，这部书也就被打入冷宫。如果作者就此罢手，将来也可以用藏之名山来聊以自慰。但作者并没向命运屈服，而是向命运发起更大胆的挑战——把原来的选注扩大为全注。须知，在那个年代，谁也不知自己是否再有出头之日，自己毕生的努力可能全部付之东流；再者，仅靠劳改之余的有限精力去完成这样浩大的工程，也可能随时会半途而废。但作者居然还是义无反顾地选择了这一艰难之旅。我想，他这时的动机再也不是仅为了商榷或纠正几个注解，而是升华为对生命价值的执着追求，对不公正命运的顽强抗争，对应尽事业的鞠躬尽瘁。这一干就是三十多年。在前二十年里，当然谈不上甚至连想都不敢想出版，作者只能凭着对一项未竟事业的责任感去默默地奋斗，像一头不问收获、只管耕耘的老牛。特别是在最初的几年，作者只能在劳改之余，偷偷地进行这一工作。更不幸的是，劳改中他的右手残废了，他就艰难地用左手握笔，继续写作。就这样，经过近八年的努力，到"文革"前夕，终于将此书的初稿基本完成。"文革"中，作者又遭遇了九死一生的劫难，但所幸的是，这部书的手稿被保存了下来。"文革"后，国家再逢"九重春色"的盛世，作者也赢得了出版的权利。但令人痛心的是，他此时已经半身瘫痪。"百年垂死中兴时"，杜甫当年的不幸在作者身上再次重演。如果为了在有生之年见到自己的书，他完全可以马上联系出版。但令人感动的是，为了保证此书以更高的质量问世，作者又不惜花费十年的时间再次将全书作了细致的修改和誊清，那八十万字的手稿，都是作者在病中用佝偻的手颤颤巍巍、一字一字写成的。凡是看到过这情景的人，无不为之动容。就在这反复的修改中，作者耗尽了最后的精力，没能等来出版的机会，于1993年抱憾辞世。

但天道酬勤，上苍给了他一个好女儿去继承他未竟的事业。作者的女儿李翼云在家庭的熏陶下，自幼饱读诗书，成年后又专攻文学。她从七八岁起，就日日目睹父亲伏案的身影，从此也就和这部书结下了不解之缘。

"文革"中，她几次偷偷地抱着那包又大又重的底稿，冒着危险转移到不同的人家，总算把手稿保存了下来。在作者去世前四年，她又开始协助父亲对此书进行修改。最初，她每改一处都要与父亲商量，后来，作者健康每况愈下，就把修改书稿的工作全部交给了女儿。

1995 年，此书曾有一个很好的出版机会，但李翼云觉得书稿质量还有待提高，因此放弃了。为了便于修改，她把书稿输入计算机，在计算机上反复修改，一改又是六年。她统一了全书的体例，突出原稿浅易明了的特点，并努力保证词语出处训诂准确无误。有些工作看似简单，但做起来很难。老杜作诗"语不惊人死不休"，他有的诗是很难解释的。对杜诗中的难点，历来注家常采取避开不讲的方法，而该书的宗旨，从她父亲那里就非常明确：既要全释，就要全注，特别是古人没注的更要注，哪怕是一家之言，也要对读者有个交代。诗无达诂，即使是看似简单的诗句，用现代汉语解释清楚也不是件容易事，更何况那些费解的句子了。令人感慨的是，李翼云女士也是在身体很不好的情况下艰难从事这项工作的。病退之后，她除了躺在病床上实在无法工作外，几乎每天都与这部手稿打交道。这期间，她不仅经历了无数次病痛的折磨，还经历了计算机损坏、文字大量丢失的巨大打击。在最困难的时候，她也曾产生过放弃的念头，但想到丢弃的是父亲毕生的心血，她还是咬紧牙关，一直坚持到定稿付梓。

所以，这部书可谓充满传奇色彩的书，可谓可歌可泣的书。这部书的价值和水平日后自有公论，这里无须多说，但它的成书过程确实可以方驾古人。通过这部书，我们可以深深体会到，什么叫披肝沥胆、鞠躬尽瘁，什么叫前赴后继、子承父业，什么叫一丝不苟、精益求精，什么叫"文章千古事，得失寸心知"。这使我不由地想起老杜的《凤凰台》诗。当年，一生忧国忧民的老杜为了国家的中兴，宁愿以自己的鲜血和生命去饲养那只象征国家祥瑞的凤凰："我能剖心血，饮啄慰孤愁。心以当竹实，炯然无外求。血以当醴泉，岂徒比清流？"现在，寿翁父女又剖其心血，把它们化作竹实和醴泉，去阐释和发扬老杜诗歌的成就和老杜思想的伟大。在这不同的奉献中，我们看到的是相同的传承：对正义和理想事业义无反顾的献身精神，对生命价值锲而不舍的追求和实践，而这正是中国知识分子最可贵的品格。感慨之余，挥笔写下这样的小诗：

子美泣时艰，悲情万世传。

千家存古注，当代着新笺。

翼女追精卫，寿翁化杜鹃。

共剖心与血，重谱凤凰篇。

现在这部书终于完稿了。李翼云女士画上的最后一个句号，象征着父女两代人五十年的努力终于有了一个圆满的结局。"文章憎命达"。如果50年代寿松先生的书顺利出版，那么他的成就仅仅是一部选集；如果90年代寿松先生的全注出版，那肯定不会像现在这样完美。所以这个句号画得越晚，就越圆满。它远可以对得起杜甫，近可以对得起自己的先父，它是献给他们最珍贵、最美丽的花环……

2002 年

《燕山平水·人物篇》序

　　《燕山平水》乃燕山之麓、京华之中四诗客严守平水韵而出版之诗集名也。第一部"动物篇"已付梓行世，今又裒成"人物篇"一部，命予作序，予不得辞，且叙其相识相交之由。

　　初，听其论写作计划，予有四惊：

　　一曰拟作四部，即动物篇、人物篇、景物篇、植物篇。每篇皆拟五十题，四人同咏，共为唱和；予颇惊之：何计划如此之庞大也？如无感发，何以措辞？二曰五十首皆须以律诗写之；予又惊之：律诗虽美，终有许多清规戒律，岂能首首顺妥？三曰非但用律诗写之，且必须严守平水韵部；予大惊：此岂非自讨苦吃，何严格如此，有如科考哉？四曰非但严守平水，且须步首作者之原韵，不得有一字一韵之乖；予惊而几欲乍舌，叹曰：幸未参与其间，如曰作律诗有如戴镣铐而舞，则步原韵有如临激流而行独木桥也，何苦作茧自缚、求险若此也？

后，见其第一集"动物篇"之书与第二集"人物篇"之稿，予又继之有四喜：

一喜五十首选题，四人所作皆内容充实，言之有物，感情充沛，未见有勉强之痕。予思而得之：四人皆年富力强，最少者亦将届不惑之年，最长者已接近知天命之际，且皆为国家栋梁之材。平时立身处世皆与国家大事相关，绝非仅书斋蜗居者，诗歌乃其余事也。对社会人生的种种感悟足以使其对任何命题有深刻之感发，区区五十首小诗何足道哉！二喜所作皆中规中矩，不辱律诗之称，且能因难见巧，用抑扬之声调、巧妙之格律、生动之对语将所咏之题表现得淋漓尽致，真可谓化腐朽为神奇，变镣铐为红绸，其姿态之美不知比徒手之舞赏心悦目多少！三喜平水韵果然得以严守，不但无伤其雅，且能为此书增一特色也，"燕山平水"之名，果能付诸落实。四喜步韵之如此从容，真可谓因大难而见大巧，化走"支撑声寨窣"之独木桥为"独立舞翩跹"之高空钢丝表演也，更彰显出此书唱和之特点。其每争一字之奇，每求一句之新，每谋一篇之成，每见一组各臻其致时，那种"下手快风雨"之欣喜可想而知，而读者亦将为之击节也。

至于二书之特点，尚应略加补充。

予以为咏物之作纲要有三：一曰形似，一曰神似，一曰寄托，昔之"动物篇"已尽显其能矣，周克玉将军之序已概言之，无须赘言也。咏历史人物之作，纲领亦有三：一曰道前人所未道，二曰反前人之所道，三曰借道古而讽今（此处之"讽"并无贬义）。今之"人物篇"亦尽其能事矣，佳句显例俯拾皆是，亦无庸笔者呶呶多言也。

然予尚有余感焉。四诗客皆才华横溢、诗情澎湃之人也，此四书绝非偶然之作，更非封笔之作，而仅为牛刀小试、相互切磋之练笔之作，或曰初出茅庐、步入诗坛之投石之作，试想如放开手脚，有感而发，将何往而不胜？予于此有所待焉。

四人者曰克己，曰沫之，曰弘戈，曰语单。据语单《燕山平水·动物篇·后记》所载，克己号称"诗奴"，沫之号称"诗厨"，弘戈号称"诗侠"；而语单未尝自封其号，然其自称"是时空的侵略者"，且其诗亦喜冒犯古人，予不妨戏称其为"诗寇"。今四人连手试刃，予又愿合称其为"燕山四杰"，且为之赞曰：

京华四杰韵蹁跹，平水为诗数百篇。

妙句低吟灯影下，豪情唱和酒杯前。

不徒字句惊今古，要使襟怀感世间。

但愿从今多放手，鲸鱼掣海谱华编。

2004 年

《启功追思录》及《悼挽录》前言

　　2005 年 6 月 30 日凌晨 2 时 25 分，敬爱的启功先生永远离开了我们，消息传出，举国震动。党和国家为失去一位亲密的朋友深感哀悼；教育界、学术界、书画界为失去一位当代著名的教育家、国学大师、书画家、书画鉴定家、诗人，更是无比的沉痛和惋惜。北京师范大学于第一时间成立了治丧办公室，并在英东学术会堂为启功先生设置了庄严而肃穆的灵堂。党和国家领导人胡锦涛、江泽民、吴邦国、温家宝等纷纷送来花圈、花篮，很多首长还亲来吊唁；启先生的生前友好及众多学者、各界代表、广大师生前来吊唁的更是纷至沓来，截止到 7 月 6 日下午，共计达七千人之多。一时间，整个英东学术会堂成了鲜花和挽联的海洋。

　　7 月 7 日，各界在八宝山举行了隆重的遗体告别仪式。国家领导人贾庆林等亲临告别，近七千名各界群众蜂拥而至，排成几百米的队伍，在沉痛的哀乐声中，满怀崇敬而沉痛的心情向启先生最后作别，为他送行。和前往灵堂吊唁时一样，他们之中除了启先生的生前友好、学者名流之外，还有许多从全国各地特意赶来的慕名者，上至九十多岁的老者，下至七八岁的孩子，他们之中有些就是普通的市民或农民，他们同样带来一份沉甸甸的感情，这昭示了启先生不但是学术、艺术界的启功，也是全国人民的启功。这也很好地揭示了启先生的社会地位和生命价值。

和这种价值相互辉映的是悼念群众带来的大量挽联、挽诗、祭文、唁电，以及报刊杂志、各类媒体发表的大量新闻报导、纪念文章、专门采访。这些挽联诗文寄托了对启先生的无限深情，表达了对启先生的由衷景仰，是启先生一生学术成就和高尚品格的生动写照。有些文章还披露了一些鲜为人知的事情，为进一步了解和研究启先生提供了丰富的材料。这些挽联诗文带来了大家一片片诚挚的心意和永恒的纪念，也带来了大家一份份评价的智慧和认知的共识。可以说，它们已成为"启功现象"或"启功精神"的一部分，同样具有研究价值。它们还可以像一座座桥梁，沟通幽明两界的间隔，陪同启先生一起升入天堂，使先生的在天之灵知道大家对他的怀念；也可以像一把把钥匙，打开启先生的心灵之门，使我们更深入地窥见先生丰富的精神世界，从而更好地怀念他，继承他。

启先生是永远的、不朽的，但愿我们这些纪念他的诗文也能与他永远同在。这就是我们编辑《启功先生悼挽录》和《启功先生追思录》的缘起与目的。

铭曰：

先生之望，浩浩泱泱。先生之风，山高水长。先生之在，学艺有纲。先生之去，举国皆伤。举国皆伤兮热泪滂滂，热泪滂滂兮化为文章。化为文章兮可以永藏，可以永藏兮地老天荒！

2005 年

《读诗有智慧——可以伴随一生的一百首古诗》序

　　如果有人问什么可以伴你一生，你可能回答是爱情、友谊，或者是理想、事业，或者是祖国、家乡，或者是良辰、美景，或者是道德、责任，或者是理智、智慧。是的，爱情和友谊地久天长，可以供你享受一生；理想和事业浩瀚无穷，可以使你奋斗一生；祖国和家乡亲切美好，可以使你眷恋一生；良辰和美景令人陶醉，可以使你流连一生；道德和责任是立身之本，可以使你坚守一生；理智和智慧是行为之本，可以使你修行一生。它们都是真、善、美，可以伴你一生。但是，请不要忘记，还有一样：这就是诗。诗的本质就是真、善、美，而对爱情与友谊的赞美，对理想与事业的追求，对祖国与家乡的思念，对良辰与美景的歌颂，对道德与责任的伸张，对理智与智慧的发明，正是诗永恒的主题。

　　说到此，我们不能不再次探讨诗是什么。诗不但是优美的韵律，铿锵的节奏，凝练的语言，精美的词汇——诚然，这些都是诗不可或缺的形式，没有这些就没有诗，但仅有这些也不是诗；诗还要有思想，有情感，有高华的意境和兴致，有兴发的感动和联想，这才是它的本质。真、善、美是诗的本质，这是从价值判断的角度而言；思想和情感也是诗的本质，这是从生命体认的角度而言；二者并不相悖。而思想的表达最终要转换为情感的抒发，这才是诗的思想而不是常人的言语和一般文章的思想，这才可以突破生理时空的局限，而在心理时空和心灵天地任意徜徉，这才能表达出最奔放，同时又是最智慧的诗句。所以阿Q只能说"二十年后又是一条好汉"，李白则说："天生我材必有用，千金散尽还复来！"流行歌手只能唱："我爱你爱得要死"，李商隐则曰："春蚕到死丝方尽，蜡炬成灰泪始干"。这就是诗。所以今哲说：比陆地大的是海洋，比海洋大的是天空，比天空大的是心灵，而诗正是心灵的王国。所以古贤说："诗者，志之所之也。在心为志，发言为诗。情动于中而形于言。言之不足，故嗟叹之；嗟叹之不足，故咏歌之；咏歌之不足，不知手之舞之、足之蹈之也。"（《毛诗序》）"文之思也，其神远矣。故寂然凝虑，思接千载；悄焉动容，视通万里。吟咏之间，吐纳珠玉之声；眉睫之前，卷舒风云之色。"（《文心雕龙·神思》）因此情感更是诗潜在的灵魂和真正的生命，是诗的灵魂之源和生命之核。

　　而情感人人皆有之，所以诗不应当只属于象牙塔中的诗人，它贴近每个人的生活，它亲近每个人的感情。即使你不会作诗，但你一定会读诗，因为真正的诗是诗人和读者共同创作的。凡是好诗，都应当是读得懂的诗，这当然不是指文辞上，而是指情感上，因为只有诗人的情感和读者的情感相通时，它才能打动读者，引发读者，才能使作品获得并不断获得真正的意义和永恒的价值。于是这又引起我们的另一反思：古典诗歌的鉴赏是什么？它不是简单的文辞串讲，不是把文言翻成白话，最后再加上几句结构严谨、语言生动的陈词滥调，而是揭示出其中感人的因素：诗人是用何种艺术手法，抒发了何种人生感慨？这种感慨又何以引发读者的认同与联想？同时，它本身也应该是一篇美文。这才是诗人的知音和读者的良师，这才是真正的鉴赏。

　　说到此，我们不能不感谢我们的祖先，赞美他们给我们留下一份取之不尽、用之不竭的宝贵遗产。天主教徒虔诚地说："感谢主赐给我们丰盛的食物"，中国诗的读者可以自豪地说："感谢祖先赐给我们丰富的精神食粮"。他们创造了诗的大国，他们创造了智慧，他们讴歌了各种生活和各种感情，咀嚼他们的诗句，好像吮吸到母亲的乳汁；沉浸他们的诗意，能够得到上天的启迪。读到陶渊明的"采菊东篱下，悠然见南山"，我们可以得到一份超然的宁静和淡泊；读到杜甫的"每依北斗望京华"，我们可以增强一份对祖国真挚的忠诚；读到白居易的"念此私自愧，尽日不能忘"，我们自然会反省一下对人民的态度；读到苏轼的"也无风雨也无晴"，我们不能不重新领悟一下人生的真谛。……

当读者找到了与作者的契合点，当读者和作者"心有灵犀一点通"之后，诗的感染力就会降临到读者的身上。当你思念情人时，它可以为你弹奏一支小夜曲；当你思念家乡时，它可以让你闻到乡土气；当你的精神受到伤害，它可以像母亲一样轻柔地抚慰你的伤口；当你的事业受到挫折，它可以像卷来的长风重新鼓起你的风帆；当你漂泊无依时，它可以为你开辟一片静谧的港湾；当你心浮气躁时，它可以像教堂的钟声澄净你的心灵。而凡此种种，都不是生硬的说教，它能化为一种"润物细无声"的感受，融化到你的血液里，最终流淌到你的心灵中。诚然，读诗是一种后天的行为，后天的教育，但一旦接受了它，它就可以化作与你生命共存的东西。这就是诗的奇妙，也是读诗的功效。也许，我们无法选择面对的现实，但我们可以选择面对现实的生活方式；而诗意的栖居无疑是最理想的生存境地。我们每个人都曾经生活在诗的境界中，但尘俗劳顿使我们没能意识或无暇享受到它的存在。就让我们寻找回这份失落的诗意，从今天起，让它陪伴我们的漫漫一生吧。

2005 年

学诗随笔

一

何以有诗？诗从何来？《毛诗序》曰："诗者，志之所之也。在心为志，发言为诗。情动于中而形于言。言之不足，故嗟叹之；嗟叹之不足，故咏歌之；咏歌之不足，不知手之舞之、足之蹈之也。"今人叶嘉莹先生进而将其概言为"兴发感动"，此真知诗之言也。余乃一介书生，长年居于书斋之中，讨生活于笔墨，还文债于案牍，久而久之，情颓志丧，何以有诗？故每至此则毅然抛书卷，弃蜗室，背行囊，赴行旅。感天地之开阔，赏山川之秀美。临沧海，心胸顿觉开阔；登高山，境界随之飞升；望白云，思绪为之悠远；溯溪流，耳目似亦聪明。情不能不为之兴发，志不能不为之感动，焉能无诗？无诗则怪矣。故不必作意，不必苦寻，活泼泼之诗句自奔心中。于是良辰、美景、赏心、乐事共生于旅途与觅句之中矣。古人云："诗思常在风雪灞桥之上。"陆放翁有感于"衣上征尘杂酒痕"，故云"此身合是诗人未？细雨骑驴入剑门"，正是对旅游"何处不销魂"之生动写照。故终日蜷居于斗室者，如想获得为诗之灵感，最直接之感发契机莫过于走向山川、走向自然，那里有美景、有生活，是造物者赐予为诗者取之不尽、用之不竭的源泉。余之《旅游抒怀》正为此而发：只知走马而观花，"下车拍照，上车睡觉"，常人之旅游也；"半为风光半为诗"，"由他睡梦归车稳，正我推敲选韵迟"，诗人之旅游也。能重温与践行古人锦囊投诗、驴背敲句之雅兴，真乃人生之一大乐趣也。而《白鹿岛激流河漂流》所云"岸有千寻超赤壁，诗无半句愧黄州"，亦想以古人之雅兴而自勉也。

诗既来自诗人之兴发感动，则当以兴发感动最直接、最畅快者为最佳，因此即兴之作往往即是最佳之作。余以为古典诗词评价之标准不外有二：一为顺，二为新。顺者，不悖古典诗词之用语、平仄、用韵等基本形式与体例，且能将诗人之思想、情志、立意加以顺畅之表达，一气呵成，无任何斧凿痕及生硬自造语，这已属不易。新者，要有不同于他人之见识与境界，即立意要高、要深，有自家之面目在，有真我之性情在，读后使人耳目一新，有所启示与感悟。余才思迟钝，然亦有若干即兴之作，如《航海口占》一诗。当凭舷远眺大海，一任海风扑面，看到几只海鸥随船追逐之情景，余突获灵感，便写下此诗："凭舷远眺海天垂，任尔长风扑面吹。吹得两胁生羽翼，海鸥伴我自由飞。"全诗语言平畅，没有任何艰涩语、生造语，其中"吹得两胁"之"得"字与"胁"字，如按今音读恰好一为仄，一为平，符合格律，此正所谓"顺"。而不说我伴海鸥而飞，偏说海鸥伴我而飞，以凸显自我意识、自我形象之强烈，此为"新"。其余如《游珠海情侣大道》云："百里长堤信步游。华灯初上海风柔。遥怜两两鸳鸯侣，悔我如今已白头。"亦是即兴口占，既感慨如今年轻人得遇开放之好时代，又抒发自己"老夫聊发少年狂"之逸兴，且这些感慨与抒发皆与温馨甜蜜之景物相结合，亦可算"顺而新"之作。

二

大千世界毓秀钟灵，那里有自然美景，亦有辉煌之人文胜景和灿烂之历史遗迹。古人云："登高而赋，可以为大夫。""白发渔樵江渚上，惯看秋月春风。古今多少事，都付笑谈中。"故凡登高即难免触景生情，正如大观楼长联所云："五百里滇池奔来眼底"，"数千年往事涌上心头"，而况诗人乎？诗人有独特之时空观："寂然凝虑，思接千载；悄焉动容，视通万里。""观古今于须臾，抚四海于一瞬。"故诗人尤怕登高，每登之，必发思古之幽情，感沧桑之变幻，情为之动，心为之伤。

正如老杜所云："万里悲秋长做客，百年多病独登台"，似乎天地万物皆助其慨叹。余亦于《登乐游原凭吊秦汉宫殿陵寝遗址》有所感慨云："文士多情慨今古，农夫无趣牧牛羊。兴亡一律埋黄土，只任蒿莱较短长。"故咏史怀古乃兴发感动之重要内容矣。鉴于此余之旅游诗非仅描画山川之美，亦常吊古伤今，以增几分历史、沧桑之厚重感。当余于茫茫大漠之中，登上高昌古城遗址，回想当年帝王家"关隘坚如铁，人烟密似麻"，而一旦"一朝驰战马，遍地卷黄沙"后，则不能不为之"独自嗟"。当登上慈恩寺，欲效老杜等登临赋诗之雅举时，只觉满腹情思似与暮云同涌。当登上黄河之畔新建之鹳雀楼，想到此楼几经焚毁，而王之涣之诗却恒留古今，不能不感慨诗词之永恒，不能不承认"文章乃经国之大业"也，于是恨不能踵武前贤，与之同"眺落日"，共"豁清眸"；并"欲"借助诗人飞腾之思致，一"欲驾黄河水，挟风天际游"。

　　怀古咏史自当有所判断，有所议论，以见作者之史识；而以史为鉴，亦诗人之责也。余之《登刘公岛缅怀甲午海战》诗，即本此宗旨：首联想象甲午海战之硝烟一百年后尚未消尽，颔联写海战悲惨之结局，"铁甲残骸葬海东"，写实之笔，岛上即有其遗迹也。颈联议论：项羽临终时曾云："天亡我也，非战之罪也。"此语正可用于甲午海战之殉难者。将士皆英勇，战败非其罪；朝廷不识时务，只知苟且于穷途末路，才是真正之罪魁祸首。这当是准确客观而深入精辟之评价。尾联借英灵碑而发感慨，警惕国人莫忘国耻："英碑日夜临风泣，长报国民警世钟"，直接点明此诗之创作目的。《由韩国一方眺望"三八"线有感，是日阴雨》一诗，更将感慨议论直发于祖国统一之主题上。当看到"三八线"如万丈鸿沟，无情地将朝鲜半岛三千里锦绣江山分割成南北两方，数代结仇，余不禁南眺台湾海峡，那里波涛汹涌，其沟壑之深、之险似比一条"三八"虚线更甚，这怎能不令国人为国家之统一而分外担忧、分外祈盼焉？

三

　　旅游诗自然不能不写景，而写景自然要归结为赞美，此乃常理也。或曰：既为常理，何须探讨？否，原因在于当今美之标准业已混乱，以至扭曲。余曾在《书法赋》中斗胆批评道："切勿以标新立异为终南快捷方式，更勿立奇谈怪论惑初学智昏；切勿以粗头乱服为高古，以东倒西歪为童趣；更勿以莫名其妙曰现代，以鬼魅画符曰创新。"吾师元白公亦对国画界发出同样之感慨："常见画费九牛二虎力，浮烟涨墨块块黑石头。吾病心胸气闷已经岁，那堪再压木炭千层楼。"这些共同倾向有同一理论，即片面强调视觉之冲击力，以至丧失美感之基本准则。诗词亦然。自然山川有不同之美，有壮美，有秀美，有优美，有奇美，诗人应根据不同之对象，写出不同之美境。然有些诗人，或堆积生僻之语汇，或炫耀艰涩之风格，或不分对象，一律追求触目惊心之效果，似与上述山水画家同出一辙。余曾与当代著名山水画家同至漓江写生，彼出以温润明快之画笔，余出以清新优美之诗句，二者可谓相得益彰，皆符合漓江之特色。故余诗即以《漓江写生》为题。首联"水展青罗带，山排碧玉簪"，先出之以形似描写。颔联"新晴波潋滟，细雨影婵娟"，再进入神似描写，且用语有据。颈联"江曲柔难画，峰奇秀可餐"，更强调诗人之感受，其立意在于强调漓江之美，既使再高明之画家也难措手，似只有通过诗人之口才能道出其"柔难画""秀可餐"之境界。尾联"渔舟归唱晚，逝入武陵源"，以带领读者走进桃花源之意境作结，亦可称结有余韵。总之，以如此诗笔为漓江写生，画面清新雅洁，符合漓江之特色，可谓"虽不中，亦不远矣"。又如余创作《游丽江、束河古镇》《游婺源诸古镇》等诗，亦尽力将其描画成静谧、甜美、淳朴、淡雅之水墨画，非此不能与其特色相吻合也。再如当漫步"黄龙"松林间，可随时遇到不知何处冒出之溪水，故有"奔淙无赖如群犬，到处扑人任意流"之句，亦可算生动可爱之真实写照。

四

古人论绘画云："外师造化，中得心源。"此语通于作诗，只需将"中得心源"发挥为"继承传统"或"学习古人"即可，亦即古人所云之"读万卷书，行万里路"。因为"中得"与"外师"本相统一，书中之佳作与外在之造化并不矛盾。所有古人之佳作皆来源于造化，故师古人即间接师造化也。如一味强调"师古人不如师造化"，忽视读书学习，则难免走向片面。吾师启功先生曾将造化、作者、作品之间关系比喻为花、蜜蜂、蜂蜜之因果。蜜蜂所酿之蜂蜜实乃采集花蕊所得，故古人之作品，"何一非古时之造化耶"？所以"师古人者，宜师古人之所以师造化；师造（化）者，宜师蜜蜂之所以酝酿花蕊也"（《跋吴子玉唐人诗意图》）。

而学习古人，继承传统，当转益多师。余曾作《唐宋十大诗人》《唐宋十大词人》两组诗词，以求以诗词之思维方式更深入、更全面、更本质化地了解唐宋诸贤，而非教科书式地照本宣科。论某一诗人，即以其最拿手之体裁为之，如论杜甫即用律诗，论李白即用古风；论某一词人，即以其最有影响力之词牌为之。如论李煜即用《虞美人》，且在用其体裁与词牌时尽力体会并模仿其特色，力求与其神合。为此余论岑参，即效仿其《走马川行奉送出师西征》，以三句为一叙说其边塞诗之创作背景、内容风格及其成就影响，窃以为颇能探骊得珠。而吾师元白公正是转益多师之典范。余《读〈启功韵语〉〈启功絮语〉》即一气标出其所师法者："轻松白香山，滑稽东方朔。蓬莱驾鹤仙，曹溪参禅客。西江次第排，竹林散淡坐。义山送精研，东坡献疏阔。更有杜少陵，诚心输魂魄。"而转益多师之目的仍在成一家之面目，启先生即是成功之实践者，故吾继云："掩卷闭目思，毕竟只一个：风调与音容，分明启元白（白读如帛）。"此乃今人学习古人之根本目的也。

五

然古人有可学者，有不可学者。不可学者，天生之本色与气质也，如青莲之恣肆，老杜之忠爱，东坡之雄博，稼轩之激烈。强学之，必堕入"伪豪放派"或"伪婉约派"。可学者，后天之学力与手法也，如炼字炼句、谋篇布局等。

以余之管见，除某些一气呵成之即席口占外，多数作品皆需雕琢打磨，故字斟句酌乃诗人日常之功课也。如余之《题黄龙五彩池》第三句原随手写为"天公画罢曾洗笔"，"洗"字虽最近本意，但错用平仄，如改为"濯""涤"，以今音读之虽对，以古音读之仍错，终觉不妥。又如《游天山三首》（调寄《忆江南》）其三原为："一领毡篷居老幼，几匹老马牧牛羊。阵阵野炊香。"误将"匹"读为平声，若强改为平声之量词如"只""头"，显然"不词"。余便将其暂置一旁，待多年后准备结集时，才最后定稿为"天公画罢曾抛笔"和"几鬃老马牧牛羊"。"抛笔"于五彩池，亦暗含有于此洗笔之意，且更觉潇洒；"几鬃老马"更凸显了老马瘦骨嶙峋之态，较之普通之量词"匹"更增加了几分形象性。此亦余之"二句三年得"也。较余更生动典型之例古人尤多，足资借鉴，不再赘述。

欲学谋篇布局，须先知诗词结构之范式，尤其是律绝与律诗之通例。绝句之四句与八句律诗之四联，最习见、最通行之安排为起、承、转、合，此非教条，更非八股，实乃经验与规律之总结。因四句或四联如仅在同一平面展开，未免乏味，难以深入，而在多维度上展开，才能深广丰满，起、承、转、合即是理想之结构。其中，关键为转。转之得当，便能于"山重水复疑无路"时，又见到"柳暗花明又一村"，使人豁然开朗，耳目一新，跃上新境界，故"转"最能见出诗人之功力与水平。其次是"合"，合之得体，便结韵悠长，意境隽永，言有尽而意无穷。其法又有结之以景，以增"篇终接浑茫"之效；或注入自我，以增感慨咏叹之情。

如余之《谒柳侯祠》，首联从读《柳河东集》发慨，起得较为切实而沉郁。颔联继而概括其平生遭遇。颈联"转"入评价："功过当时难定论，文章后世有公评。""难定论"带有委婉之肯定，"有公平"明示绝对之结论。二句跨越时空，大声鞺鞳，颇富正气。尾联"合"之曰："吾今不惜奔波苦，只为祠前慨一声"，融入自家之情感，在颈联赞美之后，一声慨叹，又跌入到不尽之同情与悲慨中，与首联相呼应，构成颇富顿挫之完整篇

章。又如《〈富春山居图〉合璧抒怀》，首联以黄公望
（号大痴）绘制《富春山居图》入手，但起句"谁泻春
江纸上流"，以发问语开端，立意不凡，且以"春江纸
上流"将自然之景与绘画之美巧妙地结合在一起。颔联
继续写画面所呈现的富春江之美"层层山影容神往，谡
谡松风助卧游"。颈联据此画曾被人为截成两段分藏于
大陆与台湾之遭遇，"转"入议论，"一卷何堪遭并剪，
同根岂忍裂金瓯"，切合到温家宝总理关于此画所发出
之感慨："画犹如此，人何以堪？"议论得有深度，有感
情。尾联之合，发挥想象，愿合璧后之画图，能更加美
丽，化为彩虹，跨越时空，不但一洗旧画之遗恨，更能
一洗民族之遗恨，立意颇为深远。

　　然浩如烟海之诗词创作，不可能谨守唯一之结构模
式。四句或四联之间亦有一气呵成、难分明确之层次者，
有相对独立、无明显之因果联系者，有前二与后二相互
衬托者。仅以后者为例：东坡赠歌妓李琪诗之故事，诠
释了这一结构之妙谛：据《春渚纪闻》载，东坡在黄州
时不惜为歌妓题诗，独名妓李琪未得获赐。东坡离黄前，
李琪取领巾乞诗。东坡先书"东坡七载黄州住，何事无
言及李琪？"即掷笔袖手，与客谈笑。坐客纷纷议论：
"语似凡易，又不终篇，何也？"至宴席将散，李琪复
拜，请求完篇。东坡笑谢曰："几忘出场（差点忘记做
完）"便一挥而就，补足道："恰似西川杜工部，海棠
虽好不留诗。"于是"一座击节"。原来杜甫曾遍题西川

之景物，唯无西川最美丽之海棠。此典用于李琪身上何等巧妙，难怪李琪大喜而众人击节。其实东坡岂是忘记出场，只是略施狡黠之技，故以前两句之凡易，特衬后两句之精彩罢了。反言之，后两句之精彩，若无前两句之铺垫亦难凸显。此一文坛趣话正可视为诗词结篇之范例。余之《十六字令·品茶三咏》即是仿效此种结构之习作。每首前数句"小饮一杯润齿牙，留余味"，"小饮两杯味转佳，香压苦"，"小饮三杯爽透颊（平读），飘飘举"云云，皆为"凡易"之平铺直叙，似毫无诗味，而当分别宕出"遮面抱琵琶"，"雪后访梅花"，"骑鹤赏烟霞"巧妙生动之比喻后，即能形象地道出了饮茶过程之妙趣与感受，从而化腐朽为神奇矣。

　　注：此文即《自序二》中所云"孤芳自赏"之代表作也。

读古典诗文　品启功书法

　　很多书法理论家已从用笔、结字、篇章布局、点画始转等特点对启功先生的书法成就与特色进行了充分而细致的分析，笔者于此才疏学浅，不敢呶呶置喙。且愚以为，对启先生书法中那种浓厚的文人气、书卷气，那种深淳的韵味与崇高的境界，仅就字论字，靠对字形、笔画的具体分析是无法体现的。那种"功夫在字外"，"美在咸酸之外"的阅读感受，那种抽离于具体字形之外的美感体验，只能从与书法具有神似之美的古典诗文中得到印证与体认，因为诗词之美也往往"功夫在诗外"，"咸酸杂众好，中有至味永"（苏轼《送参寥师》）。故本文略拈数则相关的古典诗文，以通感的思维、直觉的感悟、譬喻的手法，艺术化地品味一下启先生的书法成就与特色。

　　1. "翩若惊鸿，婉若游龙，仿佛兮若轻云之蔽月，飘飖兮若流风之回雪。"（曹植《洛神赋》）有人将启先生之书比喻为美女，这固无不可，但这些美女绝不像不谙世事的小姑娘那样轻佻，也不像珠光宝气的诰命妇人那样矫情，更不像轻歌曼舞的艺伎那样媚俗；她们"淡妆浓抹总相宜"，就像曹植笔下的洛神，"翩若惊鸿，婉若游龙，仿佛兮若轻云之蔽月，飘飘兮若流风之回雪"，具有一种联翩婉转的动态之美，一举手，一投足，都具有女神般的高雅之气，一微矉，一巧笑，都笼罩在云月风雪的诗情画意之中。特别是那些优美的小行书更具这样的美质。从中我们看到的不是美女的色相之美、修饰之美，而是内在之美、气质之美，只可倾慕而不可亵渎。屈子曰"纷吾既有此内美兮，又重之以修能"（《离骚》），正道出了这种境界。

2."暮春者，春服既成，冠者五六人，童子六七人，浴乎沂，风乎舞雩，咏而归。"这是《论语》记载的、深受孔子赞赏的曾皙之语。承上所言，与其将启先生的书法比喻为顾影自怜的簪花美女，不如将其比喻成风度翩翩、风流倜傥的美少男。因为启先生的书法并不以单纯的、外在的柔美取胜，而是以外柔内刚见长，刚如殿前之武士，剑戟森严，甲胄鲜明，凛然呈威武之势；柔如殿内之队舞，长袖婉转，回环往复，曼妙焉不失整饬。正如曾皙所言，在百花盛开的暮春三月，启先生的书法吟诵出的不是黛玉葬花般的幽怨与低伤，而像是刚脱下沉重冬装的三五少年，轻衣缓带，或策马扬鞭、飞掠于柳岸花衢，或呼朋引类、穿越于田间阡陌，然后尽情畅游于沂水，再披襟当风，尽兴舞蹈于高台之上，仰天长啸，划破晴空。王维《少年行》有曰："新丰美酒斗十千，咸阳游侠多少年。相逢义气为君饮，系马高楼垂柳边。"可以佐证这种境界。总之，这种少年之美，充满朝气与活力，充满阳光与热情，一个个都抖擞着精、气、神，一个个都呈现出帅、健、美，别具一种潜气内转的律动和刚柔并济的内涵。

3. "予独爱莲之出淤泥而不染，濯清涟而不妖，中通外直，不蔓不枝，香远益清，亭亭净植，可远观而不可亵玩焉。予谓菊，花之隐逸者也；牡丹，花之富贵者也；莲，花之君子者也。"（周敦颐《爱莲说》）既然有人把启先生之书法比为美女，自然就有人把它比为鲜花，这亦无不可。但予以为，若以鲜花为喻，只有周敦颐笔下的、具有君子气质的莲花最为恰切，难怪启先生于花卉中最喜也最善画荷花。"出淤泥而不染"，正如先生之字出于常俗，却没有一点尘俗之气；"濯清涟而不妖"，正如先生之字美丽漂亮，却没有丝毫的媚艳；"中通外直"，谓先生之字章法整饬，却山断云连，蝉联而下，行气贯通；"不蔓不枝"，谓先生之书法明快流走，绝没有游离于作品之外的多余的修饰和生硬的赘笔。先生论画诗有云："常见画费九牛二虎力，浮烟涨墨块块黑石头。吾病心胸气闷已经岁，那堪再压木炭千层楼。"（《题无款雪景牧牛图》）先生的字绝没有"浮烟涨墨"的喧嚣，亦绝没有"木炭千层楼"的压迫，此之谓"不

蔓不枝"也。"香远益清，亭亭净植，可远观而不可亵
玩焉"，乃是"莲，花之君子者也"的灵魂，可喻先生
之字别具一种"清丽"而"雅致"的气质，读罢能沁人
心脾，令人爱慕，能与过于孤芳自赏者和过于侧艳媚俗
者相区别，也才能更富于君子气，而这正与我们所说的
先生之字深具文人气和书卷气相吻合。陆龟蒙诗云：
"无情有恨何人见，月白风清欲堕时"（《白莲》），李
商隐诗云："沧海月明珠有泪，蓝田日暖玉生烟"（《锦
瑟》），李白诗云："清水出芙蓉，天然去雕饰"（《书
怀》），亦可为此种境界之写照也。

　　4."纸上神行手不知"（启功《论诗绝句》之四十
九），"譬之峨冠朝服相见于庙堂之上，不如轻裘缓带促
膝于几榻之间为能性情相见也。"（同上之五十九）"临
枣石翻摹之阁帖时，能领会晋纸上字，用笔必不钝滞。
如灯影中之李夫人，竟可披帷而出矣。"（同上之六十
一）启先生之书法除清丽雅致外，还有一个重要特点，
即自然天成，潇洒飘逸。上引的几段文字正是这种主张
的美文妙论，也是其书法创作的生动写照。观先生之字，
绝没有他反复批评的"板滞""按模脱墼""矫揉造作"
之处，不论各种书体，无不自然流走，洒脱超逸，一派
生机。其自然，有如黄山之云，随风势而蒸腾；如九寨
之水，随山势而赋形；其高妙，如"纸上神行手不知"；
如蚊子叮铁牛，不可名状；如庭前柏树子，秉性天成。
有时看似随意，却如文人雅士，轻裘缓带，促膝于几榻

之间，以性情相见；又如山林隐士，不衫不履，吟咏于松下溪畔，转见其风采。又如武林高手，于小酌之后，乘兴而舞，不求正式表演之周全，却顾盼生辉，虎虎有生气。有时看似平淡，然正如苏东坡所云："渐老渐熟，乃造平淡，其实不是平淡，乃绚烂之极也。"（《与侄书》）特别是那些书札、题跋，越是随手率意，越能将其自然飘逸的风格推向极致，"晋纸"上的"右军面目"真如"灯影中之李夫人，竟可披帷而出矣"。

潇洒飘逸还表现在敢于用险、善于用险上。先生尝引用杜诗形容书法行笔结字的奥妙："行笔如'乱水通人过'，结字如'悬崖置屋牢'。"又称"（唐太宗字）结体每有不妥处，譬如文用僻字，诗押险韵，不衫不履，转见风采焉"（《论诗绝句》之八）。又赞王铎书法"譬如大将用兵，虽临敌万人，而旌旗不紊"（《论诗绝句》之八十五）。这些都可视为夫子自道。先生之书善于用险常体现于细节之中：如笔走龙蛇却一丝不苟，笔笔不乱；如左昭右穆，谱系周全，文武列班，进退有序。即使行草多变，亦若欧阳修秋声之喻："如赴敌之兵，衔枚疾走，不闻号令，但闻人马之行声。"（《秋声赋》）以用险见长的草书，亦如老杜笔下之公孙大娘弟子舞剑器："㸌如羿射九日落，矫如群帝骖龙翔。来如雷霆收震怒，罢如江海凝清光。"

5."黑云翻墨未遮山，白雨跳珠乱入船。卷地风来忽吹散，望湖楼下水如天。"（苏轼《望湖楼醉书》）

"水光潋滟晴方好，山色空濛雨亦奇。欲把西湖比西子，淡妆浓抹总相宜。"（苏轼《饮湖上初晴后雨》）启先生之字富于变化且善于变化的特点正如东坡之诗所云。不论何种字体，何时所书，都独具风格，深具个性。其小字如"芥子纳须弥"，能吞吐大千之世界；如滴水透阳光，能折射七色之彩虹。其榜书如五岳之于五方，小众山而雄踞云岭；如江河之于大地，纳百川而东流大海。先生青年时的书法遒劲雄浑，如鸿鹄翔天，鲲鹏击水，豪气逼人。又如"月出于东山之上，徘徊于斗牛之间"，英光四射，前贤为之避让，凡俗为之瞑目。先生上世纪70年代中期至90年代中期所书，被誉为"元白体"（"启体"），刚柔并济，清丽雅致，潇洒飘逸，风靡海内外。先生晚年时书法老辣古淡，能将大巧寓于大拙之中，达到了东坡所说的"发纤秾于简古，寄至味于淡泊"（《书黄子思诗集后》）的境界。

　　6. "不薄今人爱古人，清词丽句必为邻"，"别裁伪体亲风雅，转益多师是汝师"（杜甫《戏为六绝句》）。凡有大成就者无不广泛师法，兼采众长，也只有在兼采众长的基础上才能成一家之风，启先生之书法亦如此。先生尝自云："六岁入家塾，字课皆先祖自临（欧阳询）九成宫碑以为仿影。十一岁见（颜真卿）多宝塔碑，略识其笔趣。……廿余岁得赵书（赵孟頫）胆巴碑，大好之，习之略久，……乃学董香光（董其昌），虽得行气，而骨力全无。继假得上虞罗氏经印宋拓九成宫碑，……

乃逐字以蜡纸钩拓而影摹之，于是行笔虽顽钝，而结构略成，此余学书之筑基也。其后杂临碑帖与夫历代名家墨迹，以习智永千文墨迹为最久，功亦最勤。……又临玄秘塔碑若干通。"（《论诗绝句》之一百）观启先生之书法，王羲之之洒脱，智永之功力，欧阳询之遒劲，颜真卿之方正，柳公权之端庄，苏东坡之雄浑，赵孟𫖯之婉丽，董其昌之流畅，都依稀可见，但我们从不把它视为什么柳体或赵体，而一致认为它是启体。何哉？盖兼长诸家之后，已自成一家也，且又能与其擅长的绘画成就相结合，更多一层对自然美、形式美的综合观照，正所谓"内师传统，外师造化"也。辛稼轩《贺新郎》有云："不恨古人吾不见，恨古人未见吾狂耳。知我者，二三子。"又云："我见青山多妩媚，料青山见我应如是。情与貌，略相似。"前者可谓内师传统也，只不过启先生不会以"狂"者自居，他只是以二三古人为同调，力争在师承他们的同时，自成一家，与他们并立，并深信他们在千百年之后，见到像自己这样的知音，一定会会心一笑。后者可谓外师造化也，启先生能将书法的艺术之美与造化的自然之美完美结合在一起，不但有很多的貌似，还有很多的情似，充满了博大的美学内涵。

7. "争先见面重重，看爽气朝来三数峰。似谢家子弟，衣冠磊落；相如庭户，车骑雍容。我觉其间，雄深雅健，如对文章太史公。"（辛弃疾《沁园春》）总之，先生书法之神采气质、人文涵养、书卷韵味，恰如稼轩

《沁园春》咏山之博喻。这里面有几个关键词：一是
"爽"。如上所言，启先生之字清丽雅致，潇洒飘逸，所
以给人的第一观感就是爽——沁人心脾，充满愉悦。予
在《书法赋》中曾云："文则数言乃成其意，书则一字
已见其能"，更何况有三数峰争先见面哉。二是"磊
落"。且这一磊落乃如谢家子弟的衣冠——正如俗语所
说："三代为宦，方懂得穿衣吃饭"，只有这样的衣冠，
才能积累起几代贵族子弟的涵养，充满高雅磊落、深沉
蕴藉的气象。这正是启先生书法美学的深层体现。三是
"雍容"。且这一雍容乃如相如庭户的车骑——须知这样
的车骑正象征着它们的主人——文人雅士的身份，都具
有气度雍容、风流倜傥的气质。这是启先生书法美学的
又一深层体现。四是"雄深雅健"。雄且深，雅而健，
这正是先生刚柔并济、挺括秀丽书法风格的直接写照，
沉浸在这种书风之中，恰如泛览于太史公的《史记》之
中，谁都不能不被那种博大精深的气魄、那种浩瀚深邃
的境界所折服。

　　噫！"不废江河万古流"（杜甫《戏为六绝句》），
启先生书法的成就地位，如可穿越时空的隧道，由当今
跨越清、明两代，直接宋元，堪称"间数世"之巨擘，
"不世出"之大师，永垂于中国书法史矣。

　　　　　　　　　　　　　　2013 年 5 月 29 日

《中华辞赋》新刊发行题词

陆士衡曰："赋体物而浏亮"，此言差矣。

赋者，铺采之文也。虽源于体物，后亦兼擅写景、描述、抒情、议论。类繁语富，思缜层密，可广抒作者之襟怀。有如登高一览，层峦叠嶂，尽奔走笔端，岂独体物也哉？

赋者，古诗之流也。故本自浏亮，然亦备具顿挫、悲壮、绵密、绮艳。格高词丽，声谐韵婉，能尽得声情之雅调。颇似伯牙一曲，高山流水，皆缭绕耳畔，岂独浏亮也哉？

王国维比较诗词之别曰："词之为体，要眇宜修。能言诗之所不能言，而不能尽言诗之所能言。诗之境阔，词之言长。"诚为高论也。

余小子窃计诗赋之别曰："赋之为体，博大典丽，能言诗之所不能言，而不能精言诗之所能言。诗之情专，赋之体赡。"聊呈谬说也。

2013 年 11 月

《中华传统文化经典百篇》 出版感言

我有幸参与《中华传统文化经典百篇》的编写工作，在《百篇》出版之际谨撰成七言律诗一首并敷衍成小文一篇，作为感言。

"世称经典岂无因？常读常新启后人。"之所以称为经典，必有其普世的价值和永恒的魅力。普世价值体现于任何群体都可以从中领悟到它的哲理，永恒魅力体现于任何时代都可以从中汲取到它的真谛。因而它可以在广大的人群和长久的时间内得到广泛的传播，哪怕时代在推移，人世有变迁，也无法阻挡它的流传。非但如此，在这推移与变迁的过程中，后人还会深深地体会到一种常读常新、百读不厌的快慰与警悟。而这些经典的价值在后人的反复诵读中也会随之提升，人们会不断地发现经典，并不断地成就经典，从而使经典具有不断被开发的智慧和与时俱进的新鲜活力。

"经史子集充翰苑，诗文词赋汲精醇。"经典来自深厚的文化底蕴，我中华民族五千年的悠久历史为我们奠基了一座浩如烟海的文化宝库，丰富的经史子集、诸子百家搭建了这一文化宝库的基本构架，而诗文词赋、各类文体又以其优美的文学形式使这些经典更具美的形式和动人的感染力及强大的传播力。只有具备了这样的深度与醇度，才能产生永恒的、普世的、常读常新的经典。我们在编选的过程中再次领略了中华文化的魅力，我们无不为之骄傲；我们也再次受到中华文化的洗礼，我们无不为之庆幸。当它展现在读者的手中，读者也一定会有同样的感受。

"修身养性承传统，治国安邦寻本根。"经典有如一座桥梁，可以把传统与现代联系在一起。故有的传统通过经典蜕变为现代的思想，现代的观念通过经典在故有的传统中找到本源，现代与传统相互发明，相互促进，延续着中华文明绵延不绝的文脉。今人在阅读经典时所得到的常读常新的感受其实都是基于对传统的接受与创新，因而这种历久弥新的感受才能有本可寻、有源可溯，才能显示出历史的厚度和传统的底蕴，才能成为我们民族共同的道德标准和审美观念。五千年的文化宝库为我们提供了许多优秀传统，而这部《百篇》"尤其注重那些关乎修身立德、治国理政、伸张大义、疾恶刺邪，以及亲情伦理的传世佳作"，可谓抓住了历史为现实服务的重点，抓住了传统思想观念、道德体系中的精华因子为当今社会主义核心价值观服务的关键，这正是这部书的意义所在。

"一卷百篇今在手，古文观止得传薪。"对经典的提炼与阐释前人已取得很大的成就，就文选而言，《古文观止》《古文辞类纂》《经史百家杂钞》都可称范本。但历史的局限使这些著者只能站在当时的历史高度去评判。一代人做一代人的事，一代人著一代人的书。在以上选本问世150多年以至300多年后的今天，在中华民族重新崛起、走向复兴的时代，我们需要一部能超越历史、超越前人，能站在当今高度，能以符合并引领当今观念的选本对"中华传统文化"的"经典"加以重新的阐释，使传统文化不但能得到很好的继承，而且能以敏锐的眼光，激活传统经典中本已具有、但尚未被充分认识的基因，从而使经典更加发扬光大，更具现代化的活力。有了这样自觉的追求，加之众多专家辛勤而认真的努力，"百篇"一定可以达到这样的目的。而且有限的"百篇"之量以及雅俗共赏的编写方式也很利于普及，《古文观止》之类的历史选本也可以庆幸它们能在今日薪火相传，这又是《百篇》另一重要价值之所在。

重录全诗作为总结：

世称经典岂无因？常读常新启后人。

经史子集充翰苑，诗文词赋汲精醇。

修身养性承传统，治国安邦寻本根。

一卷百篇今在手，古文观止得传薪。

2016 年 12 月 20 日

《诗壮国魂：中国抗日战争诗钞》序

　　1931 年 9 月 18 日夜，炮声震响沈阳北大营上空，蓄谋已久的日本关东军偷袭我东北军，并迅速侵占全东北。不甘心做亡国奴的东北义勇军，出没于林海雪原，转战于白山黑水，揭开了中国现代史上抗日战争的序幕。1937 年 7 月 7 日夜，枪声划破北平卢沟桥，变本加厉的日本侵略军，又以同样卑劣的手段偷袭华北，并妄图占领全中国。我军将士奋起抵抗，揭开全面抗战的大幕。之后地无分南北，人无分老幼，政无分党派，国共合作，全民奋斗，掀起了我中华民族有史以来最惨烈、最悲壮的救亡图存、民族解放之战。从此长城内外，大河上下，长江南北，西南边陲，上演了多少气壮山河、惊天动地的厮杀：淞沪战役，平型关、台儿庄大捷，长沙、武汉保卫战，百团大战，滇缅远征——大小数千战，血染半中国；历时十四年，震惊全世界，终于赢得最后的胜利，一雪百年来对外战争屡战屡败的前耻，奏响了民族抗战的首次凯歌，可不壮哉！但我们也付出了沉痛的代价，数百万将士壮烈殉国，三千万同胞惨遭涂炭，侵略者一手制造的南京大屠杀、重庆大轰炸，穷凶极恶的"三光"政策，惨无人道的细菌战，使繁华的都市变成瓦砾，广大的村庄化作焦土，又何不痛哉！

然所有历时长久、艰苦卓绝的战争皆由两条战线组成，一为武装战线，一为文化战线。中国抗日战争的主战场当然是前者，那些手持枪杆子的将士当然是主力军；然而文化战线的作用亦不可小视，他们手持笔杆子大声疾呼，鼓舞着民众的士气，振作起民族的精神，而其中的最强音莫过于诗。在这中华民族最危急的时刻，在这中国历史最关键的节点，诗人们言其志，抒其情，"好把诗魂壮国魂"，谱写了最宏伟壮丽的史诗，更可贵的是有些诗人本身就是荷枪实弹的战士和出生入死的英烈。他们真实地记录了日本侵略者的滔天罪行和给中国人民带来的深重苦难——国破家亡的流浪者发出这样的悲号："哪年哪月才能够回到我那可爱的故乡"，"那里有我的同袍，还有那衰老的爹娘"。流离失所、惊慌失措的难民在荒野中过着野人一样的生活："荒芦败苇深处，凝泪眼几星磷匿。"大屠杀、大轰炸中无辜的妇孺死得何其悲惨："怀里娇儿犹索乳，眼前慈母已无头，血乳和泪流。"卢沟桥战事的亲历目睹者有如此真实的记载："一声刁斗动孤城，报道强邻夜弄兵。月黑星沉烟雾起，当时七夕近三更。"他们更歌颂了中国人民坚苦卓绝、

顽强不屈的战斗精神和民族气节——这里有我军誓死报
国的决心："执戈无我，祖国为殇。"有以戴安澜为代表
的高级将领的誓言："誓澄宇宙安黎庶，手挽长弓射夕
阳。"有宁肯断臂也要早些重回战场的普通士兵："快与
咱家去弹丸，心急回前线。"有爹娘送子妻送郎的全家
总动员："大儿战死湘东。中儿远戍关中。去岁小儿十
八，荷枪又复从戎。"也有恨不得变文场为战场的书生
的激情："披篇欲搁班超笔，击楫争挥祖逖鞭。"凡此种
种，最后汇成了"被迫着发出最后的吼声"："把我们的
血肉筑成我们新的长城！"这一首首即时纪实的篇章汇
成了抗日战争气壮山河的史诗，这一行行滚烫战栗的诗
句迸发出中华民族顽强不屈的精神，这一曲曲奔腾涌动
的心声奏响了风云时代最为强劲的乐章。正所谓大声鞺
鞳，小声铿鍧，横绝六合，扫空万古，读之不能不扼腕
而起志矣。

　　今年是中国人民抗日战争胜利暨世界反法西斯战争
胜利七十周年，我们谨以这部四卷本的《诗壮国魂：中
国抗日战争诗钞》献给那些渐行渐远的抗日先辈，他们
在祖国生死存亡的历史关头，用鲜血和生命力挽狂澜，
雪洗了中华民族的百年耻辱，他们永远是我们的英雄。
我们谨以此书献给今人，特别要献给即将担起复兴中华
重任的年轻一代。古人云："忧劳可以兴国，逸豫可以
亡身。"从1894年到1937年日本军国主义敢一而再地侵
略我国，当前日本一小撮极右分子又公然篡改历史，不

断地为侵略行径招魂，谁敢保证他们不会再而三地重蹈旧辙？我们怎能不随时警惕"中华民族到了最危险的时候"？我们也要将此书献给爱好和平的日本人民。我们不想播种仇恨，我们只想尊重历史，希望中日人民携起手来，以史为鉴，重修旧好，珍惜和平，永不再战。

箴曰：

读我诗篇，颂我先贤。攸关生死，铁臂擎天。

读我诗篇，勉我青年。忧勤惕励，大任在肩。

读我诗篇，斥彼冥顽。滔天罪恶，铁证如山。

读我诗篇，情溢普天。同庆胜利，七十周年。

2015 年 5 月

铭记与反思

在中国抗日战争胜利暨世界反法西斯战争胜利七十周年之际，全国文史研究馆系统以"铭记与反思"为主题举办的这次座谈会很有意义。确实，在隆重庆祝这一节日时，我们更要以史为鉴，不断加深铭记和深刻反思它留下的宝贵遗产和历史教训，这样才能为中国的发展和世界的和平提供更多的正能量。

其实，早在那坚苦卓绝的抗战年代，我们的先辈已通过各种形式为我们刻骨铭心地记录了那场悲壮的战争，并深刻告诫我们应该反思些什么。其中最精辟的莫过于诗歌。为此，中华诗词研究院特意编选了一部《诗壮国魂：中国抗日战争诗钞》，其目的就是让我们这些后人重温并继承先辈是如何"铭记与反思"这场战争的。

首先应该铭记与继承的是，前辈们在神州陆沉、民族危亡的历史关头所迸发出的爱国热情和所凝聚出的民族精神，这是国家的魂。自1840年中国逐渐沦为半封建半殖民地社会以来，中国在对外战争中屡战屡败，而他却总像一头麻木的睡狮，任人宰割。但抗日战争的爆发，彻底惊醒了这头睡狮，中国人民面临着这样的抉择："到底是要作奴隶，还是主人？"（郭沫若《战声》）于是诗人这样警惕我们："假使我们不去打仗，敌人用刺刀杀死了我们，还要用手指着我们的骨头说：'看，这是奴隶'。"（田间《假使我们不去打仗》）而要想救亡图存，就"必须从敌人的死亡，夺回来自己的生存"（艾青《他起来了》）。于是吉鸿昌将军发出这样的誓言："有贼无我，有我无贼。非贼杀我，即我杀贼。"（《进攻多伦多训誓》）从此地无南北，人无老幼，"黄帝子孙齐奋起，誓拥金瓯无缺"（唐圭璋《百字令》）。不用说铁血军人，就连妇女也组成了娘子军，出现了很多可歌可泣的当代花木兰，"吾侪妇女们，愿往沙场死。将我巾帼裳，换你征衣去"（何香凝《致黄埔学生将领》）。学生们也组成了学生军，"闻说莘莘半学子，竟能纠纠齐干城"（杨沧白《闻湘北大捷》）。正因为有了全民族的觉醒与抗战，再加之中国共产党所倡导的全民族统一战线的领导，我们才铸就了同仇敌忾的正义和坚不可摧的民心。

更值得我们铭记与继承的是，我们的先辈不但有饱满的爱国热情，而且有崇高的牺牲精神，正像于右任所颂扬的那样，一旦走向战场，即抱定为国战死的决心："执戈无我，祖国为殇。"（《满江红》）在十四年惨烈的战争中，中国军队大小数千战，血染半中国，上至二百多名将军，下至被淹没的无名烈士，数百万将士壮烈殉国，他们"死是中国之雄鬼，生是中国之好男。"（唐玉虬《成都空战行》）他们永远是我们心目中的民族英雄。中国共产党的优秀党员赵一曼在狱中写下了这样感天动地的诗句："一世忠贞兴故国，满腔热血沃中华。"（《狱中诗》）著名的爱国将领、革命烈士戴安澜将军在牺牲前曾发出这样豪迈的誓言："誓澄宇宙安黎庶，手挽长弓射夕阳。"（《七绝》）而普通的士兵也有惊天地、泣鬼神的壮举："畴昔农家子，今朝八路雄。五人三壮士，战史壮高风。"（邓拓《狼牙山五壮士》）东北抗日联军的战士们宁肯冻死疆场也绝不投降："金枪在握坚不放，银霜遍体容如生。全军尽僵阵未变，裂眦矗发闻叱声。"（盛静霞《邓将军》）正是他们的壮烈牺牲才挽救了祖国，并赢来抗日战争的最后胜利。赵一曼烈士在写给儿子的绝命信中语重心长地叮嘱儿子：要记住妈妈是为国家而牺牲的。我们都应该永远铭记这些为国家献出宝贵生命的英雄们，永远铭记他们用鲜血和生命铸就的功勋。正像诗人所歌颂的那样，要"千秋俎豆兮礼国殇。"（姚伯麟《台儿庄大捷歌》）

　　作为一名文化工作者，我们还应特别铭记我们的前辈同行在抗日战争中做出的卓越贡献。抗日战争是由两条战线组成的，一为武装战线，一为文化战线。主战场当然是前者，然而文化战线的作用也不可小视。那些有爱国情、责任感的文人们始终没有忘记自己的职责："攘夷大义春秋著，吾辈儒生敢顾私。"（李根源《去苏州》）他们有他们的用武之地，那就是以笔代枪，大声疾呼，鼓舞民众的士气，振作民族的精神。"时危只益诗篇富"（潘伯鹰《闻天津战事惨烈感愤成诗》），那激情燃烧的岁月，正为他们尽情地讴歌时代，提供了最广阔的时空；他们各言其志，各抒其情，以饱满的热情和严肃的态度，谱写了最宏伟壮丽的史诗。不用说像赵一曼、戴安澜、谢晋元这些本身就是荷枪实弹的战士和出生入死的英烈们能达到"抗战豪情以诗鸣"（谢晋元《七绝》）的境界，就是那些纯文人、纯诗人，也能濡毫鼓吹，"独向吟坛张旗鼓，好把诗魂壮国魂"（李木庵《应林主席邃园延水雅集》）。与"诗壮国魂"的同时，其他文艺工作者也做出巨大的贡献，正如田汉所说："为作全民战，动员到菊部。"（即戏剧界）他们创作了很多经典的剧目、电影和歌曲，同样极大地鼓舞了全民抗战的热情。这一切都是我们后辈文化工作者应该铭记与学习的。然而时下写抗战题材的作品，特别是电视剧，虽很多，但真正有分量、有水平的实在寥寥无几。很多作品或生编硬造，离奇得离谱；或过分的武侠化，好像凭一两个身手不凡的人就可以横扫敌人的千军万马；或者过分的娱乐化，把残酷的战争写成闹剧。这样的作品传达出的不是正能量，而是相反。究其根源，这些作者丢失了老一辈文艺工作者的严肃态度，违背了创作要真实地反映现实的基本原则，这种现象难道不值得我们深刻反思吗？

　　最后，作为二战最大的受害国，我们还必须铭记日本军国主义对我们所犯下的不可饶恕、不可抹杀的滔天罪行。这种铭记决不是狭隘地记仇，更不是播种仇恨；我们只是要正视历史，尊重历史。在惨遭侵略的十四年中，三千五百万同胞惨遭屠戮，数千万人民流离失所，经济损失更不能以数千亿美元来计算。侵略者一手制造的南京大屠杀、重庆大轰炸，穷凶极恶的"三光"政策，惨无人道的细菌战、毒气战，使繁华的都市变成瓦砾，广大的农村化作焦土，其罪行真可谓罄竹难书。然而，当代日本少数右翼分子，特别是少数执政者，不但不肯正视历史，而且还要千方百计地歪曲历史、篡改历史，掩盖以至美化他们的侵略罪行。他们或轻描淡写、玩弄文字游戏，把赤裸裸的侵略称为"进入"，把被逼的"性奴隶"称为自愿的"慰安妇"；或无理狡辩称"侵略"没有国际定义，而拒不承认自己侵略历史；或欺世盗名，称自己是解放者，是要携手被侵略的国家一起搞"大东亚共荣圈"；或以修宪为名，妄图抛弃"和平宪法"，修改集体自卫权，强推新"安保法"，为军国主义的复活积蓄力量；或倒打一耙，明明是自己给东亚形势造成威胁，却大喊什么"中国威胁论"，并妄图勾结其他国家制造领土争端，孤立遏制中国。时值全中国、全世界都在纪念二战胜利七十周年之际，日本当局对当年发动的战争是否为"侵略"还在闪烁其词，吞吞吐吐，还只愿"反省"而不愿"道歉"。这只能更激发我们一定要刻骨铭心地牢记他们当年的罪行。前辈诗人早就给我们提供了方方面面的铁证，这些血泪凝成的铁证，有时比纯历史档案还要生动有力，触目惊心。"渝城惨遭炸，死者如山堆。中见一尸骸，一母与二孩。一儿横腹下，一儿抱在怀。骨肉成焦灰，凝结难分开。"（郭沫若《惨目吟》）这是目睹者对重庆大轰炸的真实记录。"伤心惨劫灾黎哭，女被强奸子遭戮。……血赤衢沟火绛天，荒城破市无人烟。"（杜衡《哀广州》）这是对日寇烧杀抢掠的真实写照。"三十万人齐毙命，烦怨凄绝石头城。"（周虚白《一九四五年日寇纳降》）这是对南京大屠杀的总体描写。"刳孕占胎，斫头赌注，槊上婴儿舞。"（吴白匋《百字令》）这是对南京大屠杀时日军惨无人道地比赛杀害平民的细节描述。我们一定要铭记这些铁证，向现在还在百般抵赖的日本极右分子讨回公道，伸张正义，还历史以真相！

　　经过十四年的艰苦奋斗，中国人民终于取得了抗日战争的胜利，对此我们的前辈不仅兴奋，还有反思。"大辱安能忍，兹仇永勿忘。"（程潜《抗战四十二韵》）反思之一，就是勿忘历史，勿忘国耻。"夷情防反复，慎保汉家声。"（商衍鎏《和伯衡日本受降》）反思之二，就是要时刻警惕日本军国主义的死灰复燃，这一点果然不幸被言中，尤其值得我们警惕。"胜利休要过夸，盛名最难久假。五强四大都虚话，第一自家奋发。"（王季思《最高歌》）"世界和平原有责，中华建设更应当。"（于右任《满江红》）反思之三，就是要自强不息，把自己的国家建设得足够强大，这样才能震慑住妄图再度觊觎我们的敌人，保卫世界和平。"外侮不足危，所惧在内毁。阅墙安可再，徒为敌者喜。"（朱德《抗战五周年挽八路军阵亡将士》）"养气毋自馁，同力能回天。"（程潜《续抗战四十二韵》）反思之四，就是要全民团结，特别是要坚持国共合作，一致对外，共御外侮。前辈的谆谆告诫，至今仍有重大的现实意义。特别是最后一点。当年的抗日战争实质上就是一场伟大的民族解放战争，正是国共两党的合作才赢得了这场战争的胜利。现在中华民族又面临复兴中华的历史使命，只有海峡两岸的中华子孙再次联手努力，才能完成这一重任，否则我们将有辱我们的民族，愧对我们的先辈。海峡两岸的同胞们，让我们以纪念中国人民抗日战争胜利七十周年为契机，为实现这一伟大愿景而共同奋斗吧。

　　注：本文为在全国文史研究馆系统纪念中国抗日战争胜利暨世界反法西斯胜利七十周年座谈会上的发言

2015 年

"五四"百年杂议四则

一　从洋务运动到"五四"运动

　　认识五四运动的伟大意义必须把它置于中国近现代史的大背景中。中国近现代史的变革经历了三个阶段：

　　一是"洋务运动"。先是着重于军事层面，购置洋枪、洋舰，"师夷长技以制夷"。然而这种乞讨来的"三砖两瓦修补，怎敌它大厦将倾"，结果仍是屡战屡败。后是经济上的实业救国，开矿山、建工厂，发展民族工业。但远水解不了近渴，更何况传统的农耕文化、保守的经济观念也容不下它的健康成长，结果仍是积贫积弱、难以自救。而这两种措施只是临时抱佛脚，严格说来算不上真正的变革。

　　二是戊戌变法和辛亥革命。既然肤浅的军事、经济改革不能解决大问题，于是人们就自然会考虑到从政治、政体上进行更深入的改革。其中又分两个层次。一是戊戌变法，强调的是在国体不变的基础上进行维新改良，但冥顽不化的西太后连这种温良的方式也不容，于是变法维新不足百日即胎死腹中。但这又激起人们更强烈的反弹。既然"变"不掉，就索性"革"掉，以革命的方式推翻这不可救药的满清政府。辛亥革命完成了这一使命，不但敢把清廷拉下马，而且终于把三千年的帝制拉下马，从这个意义上看它是成功的。遗憾的是共和体制虽然建立了，但民众的共和精神与心智却没有跟进，半封建半殖民地的政局更加恶化。从这个意义上看，辛亥革命是不成功的。所以孙中山临终前才告诫"同志仍须努力"。

三是五四运动。既然军事、经济的维新与政治、政体的变革都不能挽救中国，那么有识之士自然就把变革投向最根本、最深度的文化层面，包括思想、观念、道德层面，从而提出了批判旧文化的主张。旧文化给予封建统治者的除了专治独裁、荒淫腐败，就是妄自尊大，不识时务，愚昧无知，特别是在列强蜂起、横行中国时，还视自家为天朝，视列强为蛮夷；视自家的封建纲常为金科玉律，视列强的科学技术为奇技淫巧。旧文化鸠毒人民的，是忍耐，是屈从，是麻木，是苟且，是逆来顺受、不思进取。试想这样的国家和国民如何能自立自强于世界之林？哀大莫过于心死，五四先哲们哀其不幸，怒其不争，正如鲁迅在《呐喊》自序中所云"凡是愚弱的国民，即使体格如何健全，如何茁壮，也只能做毫无意义的示众材料和看客"。要想建立真正的共和，跟上世界潮流，就必须改变国民的"国民性"，就必须拯救国民的灵魂。虽然先哲对旧文化的批判难免有矫枉过正或不切实际之处，但他们的批判精神是永远值得肯定的。

在批判旧文化的同时，先哲们还明确倡导新文化，他们为此开出了两剂良方："民主"与"科学"；而建设新文化离不开新教育，他们又提出了两个口号："独立之精神，自由之思想"。确实，无民主、无自由，就不能将人们从旧枷锁中解放出来，就无法发挥人的主观能动性；无思想、无科学，就无法发挥人的聪明才智，以先进的思维方式和生产方式与世界对话，从而走上富国强兵的中兴之路。为此，五四先哲们掀起了一场真正的文化革命和思想解放运动，它拯救了国人的灵魂，它给国家带来了希望，它给人们带来了马克思主义。而我们今日的"解放思想，改革开放"正与其一脉相承，并在新时期加以发扬光大，这正是五四运动的伟大意义所在。

二 从"孔家店"到"朱家店"

既然要批判旧文化，自然要把矛头直指代表旧文化正统的儒家学说及其创始人孔子，于是先哲们提出了一个鲜明的口号"打倒孔家店"。应该说自"五四"以来直到"文化大革命"，我们对这个口号并不感到惊讶。但改革开放以来，传统文化又得到重视，作为圣人的孔子的地位又有所回升，因此对这一口号就不得不加以澄清。

孔子的学说本有其该批判处。如"克己复礼""郁郁乎文哉，吾从周"，就是典型的保守历史观和社会观。但先哲并不只提"打到孔老二"，而是"孔家店"，表明他们的矛头所指还包括孔子的门徒，特别是那些专将孔子学说向负能量发挥甚至加以篡改的那些徒子徒孙。

如孔子只是从伦理关系上提及过"孝弟"，但从未把它政治化，但在《论语》开篇第一章的第二段却被有子解释为："其为人也孝弟而好犯上者，鲜矣；不好犯上而好作乱者，未之有也。"这显然是在《论语》成书过程中为了迎合统治者的需要而被塞进来的私货，难怪后来的统治者如此宣扬《论语》，原来就是想利用这类私货巩固他们的统治地位。又如孔子也确实说过"君君、臣臣、父父、子子"之类的话，似乎也涉及政治，但并未明确地加以规定。到了汉代的董仲舒则根据他天人合一的理论，把它发挥为三纲："君为臣纲，父为子纲，夫为妻纲"，从而把它规定为不能不尊从的纲常法度、天命大道。于是什么三纲五常、三从四德、存天理而灭人欲这类禁锢人们思想，扼杀人们情感的说教泛滥成灾。更糟糕的是这类孔家店的伙计后来还推出了一个集大成的新掌柜——朱熹，他把本不是孔子的著作《大学》《中庸》和孔孟的著作《论语》《孟子》及传统的一些经典集成"四书"和"五经"，并按被畸形发展的传统理论为之详作"章句"。如把明明是淳朴的情歌《关雎》硬颂扬为是美周文王夫妇之德。这套封建学说自然"甚合朕意",所以宋元以降,便成为钦定的正统官学教材,并成为科举考试的不二题库,所有举子都要以朱熹的说教为标准,"代圣人立言",朱熹的言论也被奉为"朱子语录","孔家店"实际上已经易位为"朱家店"了,而"五四"先哲极力清算的正是他们。所以启功先生才说:新文化运动打倒的其实不是"孔家店"而是"朱家店",可谓一语破的,精辟之致。

应特别指出的是"朱家店"对科学技术的态度。其实孔子的学说还是比较接地气的,他提倡的六门功课"六艺"就包括射箭、驾车和数术。但到了朱家店后,他们只知沉浸在天理、道统这类玄虚的空谈之中,排斥了科学技术,认为那些只是小道末流、奇技淫巧,特别是在世界逐步进入工业时代后,仍然自命清高,无视浩浩荡荡的世界潮流,自然要被列强远远地甩到身后。因而从中国思想史、文化史发展的角度看,朱家店之过远远大于其功,说他们是中国文化的罪人也不为过。而孔子也足够冤枉,还要代这些不屑子孙受过、埋单。

三　从《中庸》到鲁四老爷

十年浩劫时否定一切,大破四旧,把传统文化中优秀的东西也当成脏水一起泼掉,造成思想混乱,道德沦丧。拨乱反正后，人们逐渐意识到不能不分青红皂白将一切传统文化统统打倒，于是国学渐兴。但这又造成凡属传统文化者都一哄而上不加取舍的倾向。现仅以"中庸"为例：

何谓"中庸"？孔子云"中庸之为德也，其至矣乎"，只笼统地把它当作一种品德修养。《中庸》的作者子思曰："执其两端，用其中于民"。但到了朱熹则解释为"中者，不偏不倚，无过不及之名；庸，平常也。"这就值得商榷了。子思的原话"执其两端，用其中于民"，还可理解为在某些场合，针对某些事情，如处理民事时，要充分考虑到双方的利益。但到了朱熹那里简直就变成一种毫无原则的油滑的处世哲学，"不偏不倚"两头都不得罪，这哪里还有是非之分？而且还要把它当作不容怀疑的"常理"。用这种观念来塑造鲁迅所说的"国民性"，那还有原则可言吗？那将给国民性带来多大的缺失和扭曲？

对此鲁迅曾用文艺的方式加以形象地鞭笞。小说《祝福》中两次写到鲁四老爷的口头禅：先是"可恶……"，之后是"然而……"。如在听说祥林嫂丈夫死后被婆家强行绑走卖给贺老六时，鲁四老爷就先来了一个"可恶"，意在表示对此事的不满，但过了一会儿又说了一个"然而"，意在表示此事虽然不合人情但又合乎法理，于是就在这不偏不倚的四个字中，一个道学家的虚伪嘴脸便被揭示得活灵活现了。

　　试想一个人的不偏不倚，我们可以不屑，但如果变成了国民的集体无意识，那整个民族将何以堪？在对待一般的人情世故时，不偏不倚或可容忍，但事关政治、国事等大是大非，如是改革开放还是固步自封，是解放思想还是因循守旧，是实事求是还是浮夸作假，又岂能不偏不倚，是非不分？那整个国家将何以堪？因此对所谓的中庸我们只能有条件地接受，决不能盲目地把它认为是一种国民的美德。

四　从《弟子规》到《少年中国说》《新青年》

　　传统文化中有很多精华，值得继承，但也要对它们进行科学的判断与取舍。如提倡"孝"道，这当然可取，但要说"百善孝为先"，就有些绝对了。至于"卧冰求鲤""割股奉亲"更是迂腐得荒唐愚昧了。与讲孝道相关的，还有一部"弟子规"，顾名思义就是宣扬弟子应如何尊重、听从师长教诲，现在正被很多宣传国学者奉为经典教材，这也很值得商榷。

　　书中大量的篇幅教导弟子应该怎么做，不应该怎么做，如："见未真，勿轻言，知未的，勿转传"，这当然很好；但"勿急疾，勿模糊"，"彼说长，此说短，不关己，莫闲管"，"话说多，不如少，惟其是，勿佞巧"等，宣传的无非是谨小慎微，循规蹈矩，老成持重，做一个乖巧温顺、驯服圆滑的好弟子。这样的乖孩子只是小农社会的产物，只可以守成，绝难以创业。中国要想振兴，需要的接班人不是谨小慎微，而是敢闯敢干；不是循规蹈矩，而是与时俱进；不是老成持重，而是朝气蓬勃；不是乖巧温顺，而是棱角分明；不是驯服圆滑，而是勇敢坚毅。一百年前的梁启超说得好：少年人当如朝阳，而不能如夕阳；当如乳虎，而不能如瘠牛；当如春前之草，而不能如秋后之柳；当如长江之初发源，而不能如死海潴为泽；"少年智则国智，少年富则国富，少年强则国强……少年进步则国进步……少年雄于地球则国雄于地球。"我们要高举一百年前五四运动与《新青年》的大旗："民主与科学"，这两面大旗至今并未过时，仍是引领青少年前进成长的航标。我们还要高举"独立之精神，自由之思想"这两面大旗。这两面大旗所倡导的就是要冲破旧观念、旧文化的羁绊与牢笼，从小培养自觉创新的意识和锐于进取的精神。"弟子规"之类的说教于今日何足道哉！

　　总之，我们要坚定地继承五四运动的批判精神，扬弃旧思想、批判旧文化，树立新思想、建设新文化。对中国的传统文化要取其精华，去其糟粕，古为今用，将传统文化赋予新生命，将新文化注入历史的底蕴，这才是对五四精神最好的纪念和发扬。

2019 年

江西采风日记

2008 年 9 月 21 日至 28 日，我随中央文史研究馆部分馆员到江西采风，途经龙虎山、三清山、婺源、景德镇、庐山等地。一路上画家写生，学者考察，不才如我者，只能随手写些打油诗，虽无佳制，难登大雅，然皆纪实即兴之作，故不揣浅陋，略加连缀，权作一篇记文与作业，聊以汇报。

21 日傍晚，首抵鹰潭，宿信江楼宾馆。清江环绕，落日当楼，残阳映水，金鳞跳波。当地居民戏水中流，好一派江山如画、安居乐业之景象，亦预示我们此行将作画中游也。

22 日游龙虎山。此山属鹰潭市，为道教"祖庭"，三进之道观十分雄伟。钟磬相闻，香烟缭绕，似可增游人之仙风道骨。而乘一叶之竹筏，沿信江而漂流，清风徐来，群山相迎，白鹭飞江，渔歌互答，更使人有"羽化而登仙"之感矣。故为诗而赞之：

龙蟠虎踞锁鹰潭，钟磬相闻绕紫烟。

饱览湖光山色后，无心修道也成仙。

23 日游三清山。此山属上饶市，亦道教之名山也。山中奇峰突起，怪石嶙峋，幽谷云涌，劲松挺立，地貌与植被皆与黄山相类，故人称其为"小黄山"，或将二山称为"姊妹山"。而东西两"海岸"，栈道蜿蜒，路平如砥，绵延十数里，更省去游人攀登之苦，漫步其上，真如展览一幅山水长卷也。诗曰：

幽谷奇峰草木蕃，一松一石皆天然。

蜿蜒栈道穿群岭，带我仙游云海间。

正因为与黄山相类，好事者便欲将二山强分轩轾，故吾再为之诗曰：

黄山游罢游三清，识尽丹青水墨情。

姊妹何须争媸艳，小乔妩媚大乔丰。

24 日、25 日一路绕茶山，渡碧水，游览于婺源县之江湾、李坑、晓起等古村镇。诸地皆为徽派建筑，与安徽之西递、宏村相仿，白墙灰瓦，房舍间以马头墙相隔。村内流水潺湲，小桥横截，石板古道，凹凸迤逦，樟树飘香，浓荫匝地，好一派"小桥流水人家"之古风也。欲为之诗，当以五律为宜：

碧浦绕茶林，青山枕小村。

苔檐斑驳绿，古巷参差深。

物阜知时美，民风依旧淳。

桥头聆逝水，遥想羲黄人。

　　时天气炎热，如蒸桑拿，然参观晓起之后，就餐于木楼酒家时，顿入于清凉世界。此酒家虽仅为两层木结构之小楼，但周围溪水奔流，香樟遍野，推窗披襟，清风满楼；而山肴野蔬，杂然前陈，主客不拘，推杯换盏，又远胜正规之宴请，不由令人食欲大振，诗兴大发。兴致所之，爰成一绝：

　　溪水潺潺遍地流，满山古树傲金秋。

　　清风送爽凭窗饮，醇酒香樟醉满楼。

　　此乃真正即席之作，恨当今不能如唐宋时，可以随手题壁，否则一享挥毫之乐，亦人生之一大快事也。

　　26 日往景德镇。途经浮梁县，即白乐天《琵琶行》中琵琶女所感叹之"商人重利轻别离，前月浮梁买茶去"之浮梁。其地有宋时所建九级古塔一座，可为地标，而明代县衙遗址犹保存完好。周围风光旖旎，田园优美，亦为一胜景也。于是不由设想，彼"负心"之商人抑或只是流连当地美景而乐不思蜀？遂口占一绝云：

　　古塔巍巍屹路旁，行人遥指是浮梁。

　　稻香蟹美桂花落，难怪琵琶枉断肠。

　　之后参观景德镇瓷器博览区。区内保留若干手工作坊，展示古代制瓷的主要工序，如制坯、成型、绘图、雕镂、烧制等，表演者皆为世传之老工匠，个个妙手慧心、巧夺天工，令人大开眼界，赞叹不已。瓷器乃中华文明之象征，CHINA 即由此得名。而中华文化即由这些普通的劳动人民所创造，我们岂能不为之肃然起敬？作坊的另一侧则陈列着烧制出的产品，件件堪称艺术珍品，玲珑剔透，绚烂夺目，轻轻敲击，金声满堂，真令人爱不释手，浮想联翩。赞叹之余，乃成一绝：

　　景德美名天下驰，薄如蝉翼润如脂。

　　敲金戛玉发奇响，恰似低吟唐宋诗。

　　27 日游览庐山。庐山虽有仙人洞、含鄱口、三叠瀑等名胜，但其社会人文地位要远胜其自然风景。它是一座历史最丰富、内涵最复杂的名山，其背后所包蕴之文化因素、政治因素任何名山皆不能比拟。多少著名诗人如陶渊明、李白、白居易、苏轼等都为之写下千古绝唱。国共两党都把它当作"别墅行营"，将很多重要的会议安排于此；蒋介石、宋美龄、毛泽东、江青都对它情有独钟，先后寓于"美庐别墅"。尤其是 1959 年的庐山会议，更成为举国瞩目的历史公案。因而今人要想吟咏庐山恐怕很难绕开这一主题，吾诗亦如此：

　　庐山胜概重人文，贯古该今天下尊。

　　陶令采篱悠兴远，东坡题壁哲思深。

　　美庐园主春秋易，彭大将军肝胆存。

　　游客无心寻瀑布，徘徊遗迹慨风云。

　　28 日由南昌返京，临行前匆匆走访佑民寺。该寺曾是禅宗大师马祖道一之道场。关于道一如何受其师怀让之点化，《五灯会元》有如下之记载："（怀让）问曰：'大德坐禅图甚么?'一（道一）曰：'图作佛。'师乃取一砖，于彼庵前石上磨。一曰：'磨作甚么?'师曰：

'磨作镜。'一曰：'磨砖岂得作镜邪？'师曰：'磨砖既不成镜，坐禅岂得作佛？'……一闻示诲，如饮醍醐。"这是禅宗"直指人心，见性成佛"，提倡顿悟之典型公案，所包含之哲理与智慧已远超宗教之教义。吾亦效仿一偈，不知可得怀让、马祖印否：

　　当头一问，问出多少困顿。

　　当头一批，批出多少玄机。

　　玄机玄机，你知我知心知。

　　直到登上飞机我还回味着"心知"二字，它可算作这次采风的根本心得：时间虽短，但只要心知了，领悟了，虽短犹长，虽浅犹深，能得其中之精髓；否则，虽长犹短，虽深犹浅，顶多多见到些皮毛而已。

2008 年

青海采风日记

2009 年 6 月 29 日至 7 月 5 日，我随中央文史研究馆到青海省采风，主要内容是了解当地的民风民俗、民族宗教政策和环保情况。现以日记的形式将主要感想辑成几段诗文，作为这次采风的总结。

6 月 30 日

上午参拜青海最大的寺庙塔尔寺。塔尔寺依山而建，规模宏伟，风格古朴，除大小金瓦殿的屋顶以黄金为饰外，其余皆以砖木构建，并不像中原和江南的很多寺庙那样富丽堂皇。但它是藏传佛教的创始人宗喀巴的诞生地，历来被视为黄教的圣地，且有近 600 年的历史，所以信徒云集，香客众多。寺庙所在的莲花坳，到处扎满各族信众献上的金幡，充满了浓郁的民族特色。很多虔诚的信徒特意从很远的地方三步一叩地拜到此地，然后再以五体投地的最严格的礼仪祭拜十万次，以祈来生的幸福。而一般的香客和游人，不管是汉族还是藏族，则可手执酥油灯或小转经筒绕大殿三圈，以表敬礼。给我印象最深的是大金瓦殿内的银塔和殿外的一棵菩提树。相传宗喀巴即诞生在银塔的塔基处，他的母亲在这里剪断了脐带，所流下的血日后变成了一棵菩提树。宗喀巴长大后到印度学法，母亲非常想念他，曾写信让他回来，但他为了弘扬佛法，不肯放弃事业，便让母亲建一座塔，以便母亲见塔如见人。母亲开始只能堆石为塔，后来僧众不断捐资，才修成这座十几米高的银塔，再在周围盖建了寺宇，故称"塔尔寺"。而那棵菩提树的树根竟神奇般地延伸到殿外，继续生长，如今已长成枝干结纠的参天大树。时值盛夏，花开正繁，形似丁香，香气四溢。也许这富于人情味的传说正是塔尔寺最神奇之处。我在树下徘徊良久，看到周围祥和的场面，遂构诗一首，面对这原始而古朴的气息，自觉当以五律为宜：

古寺虽原始，依山气自华。

虔心投五体，随喜绕三匝。

慈爱一脐血，菩提满树花。

金幡连汉藏，和睦化丹霞。

下午参观青海博物馆和马步芳公馆，继续了解有关青海的历史情况。

7月1日

上午驰往青海湖。途经1300多年前文成公主入藏所经过的日月山，因此这条路亦称唐蕃古路。相传文成公主途经此地时，将自己从长安带来的日月宝镜丢下，以示义无反顾的决心，于是两面宝镜化成日月山。而此山也确实成为青海的地标，它的东侧是农耕区，西侧是畜牧区。我对青海湖的印象始自老杜的诗："君不见，青海头，古来白骨无人收。新鬼烦怨旧鬼哭，天阴雨湿声啾啾"——那是一片荒凉的古战场。但如今却是旧貌换新颜：高速公路两旁是一望无际的大草原，在稍微平缓的地带，是成片待收的春小麦和鲜黄的油菜花，到处是一派丰收的景象。渐渐地，在草原的远端出现了一条海岸线，那就是我向往已久的青海湖。当汽车终于停在海边的青海湖宾馆时，我几乎是狂奔到湖边，去欣赏这造物主创造的奇迹和美丽：它居然能将4500多平方公里的湖泊飞置到3700米的高山雪域之上。此时我感受到的只有海风扑面的爽快，而没有丝毫高原反应的不适。当乘船劈波斩浪于浩渺无际的湖水之上，我不禁想到了曹孟德的诗句："日月之行，若出其中；星汉灿烂，若出其里。"当来到"二郎剑"祭海神坛，远眺海中若隐若现的小岛和天边朦胧隐约的雪山时，我感受到身处仙境般的神秘和宗教般的神圣，一首七律在我的心中慢慢酿成：

　　造物神工岂可侔？飞来碧海雪山头。

　　瑶台出没鲸波涌，日月沉浮星汉流。

　　远岭千重增肃穆，长风万里送轻柔。

　　古来白骨哭荒野，今日黄花满绿洲。

　　当晚，又在青海湖畔欣赏当地藏族青年歌舞团的表

演，虽然都是业余演员，但颇具专业水平，使人领略到
藏族同胞的歌舞天才，不愧是刚会走路就会跳舞，刚会
说话就会唱歌。再加之以蓝天作幕，以大海为台，更增
加了一种粗犷豪迈的原始之美。演出后年轻的演员们又
升起篝火，邀请我们这些古稀老人共舞，我们也忘记了
不要在高原地区剧烈活动的警告，欣然加入了这激动人
心、终生难忘的狂欢。为记录此时的情感，便依《长相
思》曲牌填制了一首小词：

天也宽，海也宽。大幕舞台何壮观。歌飞长袖旋。
少也欢，老也欢。携手翩跹篝火燃。不知夜已阑。

7月2日

游览鸟岛。鸟岛之所以闻名，主要得益于生态之保
护。青海湖的管理者从来不轻易地提开发利用的口号，
始终坚持把原生态的保护放在首位，更不允许渔民下湖
捕鱼。所以这里没有任何污染，水蓝湛湛的，绝不亚于
深海的水质。湖里肥鱼成群，湖岸水草丰茂，自然成为
本地鸟类和"流动居民"——候鸟栖息的最佳选择，数
以万计的黑鸬鹚、斑头雁、棕头鸥、赤麻鸭等轮流到这
里休假，不断地为游人提供眼福。听到鸟儿在沙洲上此
起彼伏地鸣叫，不禁使人想起"关关雎鸠，在河之洲"
的描写；看到成群成群的鸟儿在蓝天大海之间自由自在
地飞翔，不禁产生"羽化而登仙"的遐想，乃成七律
一首：

飞鸟逍遥越五洲，相约共爱此湖优。

风平浪静渔舟少，山曲坡平芦苇稠。

渺渺海云穿鸥鹭，滩滩沙暖闻雎鸠。

来生愿作一只鸟，与尔颉颃自在游。

7月3日

到金银滩采风。金银滩位于青海湖的东北部，是青海著名的大草原，因一边盛开金色的金露梅，一边盛开银色的银露梅，故称金银滩。这里毡房成片，绿草如茵，牛羊成群，小河流淌。放眼眺望，真有"天苍苍，野茫茫，风吹草低见牛羊"的感觉。暮色渐起，炊烟袅袅，牧人悠闲地骑着老马驱赶着牛羊回家，到处是一派祥和的气象，又使人想起"日之夕矣，牛羊下来"，"斜光照墟落，穷巷牛羊归"等描写田园风光的著名诗句。但不要忘记，上世纪五六十年代，这里正是制造"两弹"的地方，原子城的遗址和纪念馆就在附近。当我走进纪念馆，看到"两弹"的功勋们如何在极恶劣的环境下，艰苦奋斗，白手起家，甚至在冰天雪地中，只能蜷缩在单薄而狭窄的帐篷中坚持工作时，我不能不为之动容——他们是共和国的英雄，没有他们当年的奋斗牺牲，就不会有今日的和平安宁。激动之余，填《水调歌头》一首以抒怀：

青海湖边美，最美金银滩。

绿茵席卷山野，莽莽染天边。

林茂云蒸霞蔚，牛壮羊肥马健，淌淌小河欢。

日暮炊烟起，水鸟亦悠闲。

同此地，歌今日，记从前。

一星两弹，群英荟萃战荒烟。

甘洒青春热血，一展鸿鹄之志，铁血铸宣言：

只有长矛利，才会盾牌坚！

7月4日、5日

到坎布拉采风。4日先到李家峡水库观赏丹霞地貌。丹霞地貌是一种由红色水平沉积岩构成的地貌，极具观赏性。但老实讲，给我印象最深的倒不是丹霞地貌本身，而是登上丹霞岩顶回头眺望水库的那一刹那。只见水库的上下游，各有一抹淡蓝色的水线，当地人告诉我，那就是黄河。我几乎惊叫起来。我原来只见过黄河的中下游，那里不是浊流滚滚，就是干涸见底，我被这种景象蒙蔽了一生，所以反倒不敢相信眼前的情景了，有诗为证：

穿云破雾绕山行，油菜花黄小麦青。

登上丹霞惊却首，黄河怎是这般清？

如果说白天的登高远眺，已使我惊讶不已，那么傍晚到黄河边，与它零距离地接触就更使我激动万分。我们来到了循化撒拉族自治县的积石黄河大桥。这里水面宽阔湍急，但清澈透底，水下的块块黄河石清晰可见。迎着扑面的清风，我深情地捧起一掬黄河水喝了下去，清爽甜美，沁人心脾，就像婴儿喝到了母亲的乳汁。5日，我们又来到观赏黄河的著名景点——清水湾，再次近距离地领略她的美：清澈的黄河水，半环形地绕过一片红色的丹霞山岩，水中的倒影就像一幅山水画卷，而这湾清水就像年青的母亲张开温暖的手臂，拥抱着自己的孩子一样。啊，这才是我们可爱的母亲河！我不知怎样向这久违的母亲表达自己的赤子之情，只能写下这样苍白的诗句：

九曲巉岩十八湾，黄河原本碧如蓝。

晴光波影映长卷，夜色涛声催好眠。

两岸和风梳鬓发，一掬清水润心田。

从今倍感慈怀暖，更祝青春亿万年。

（掬，依今音，平读）

我不忍心去联想黄河中下游的情景，那虽然也是我们的母亲，但岁月的风霜使她早已失去了昔日的风采。这里虽有不可抗拒的自然因素，但作为儿女，我们有没有应该自责的地方，我们该不该为自己没有尽到儿女的义务而羞愧？既然母亲本来是这样的年轻美丽，我们是否应该早日恢复她的本来容颜，不再使海晏河清只是一种遥远的愿望？

7月5日上午还瞻仰了位于循化的十世班禅大师的故居和街子清真大寺，后者珍藏着世界现存三部最古老的《古兰经》手抄本之一。总的感觉是，不管是藏族、回族还是撒拉族，都在按自己的生活方式怡然自得地生活着，彼此之间，包括与汉族之间，相处得都很和睦，如果没有别有用心的人挑拨利用，他们会其乐融融地生活在一个大家庭中。

　　傍晚乘飞机回京。透过舷窗，俯瞰九曲黄河渐渐远去，我产生了一种既留恋又欣慰的感觉。昔日西北歌王王洛宾曾在我游览过的金银滩创作了名曲《在那遥远的地方》，如今那地方又渐渐地遥远而去，但它已永远地留在我的心中，那浩渺的青海湖、清澈的黄河水、高耸的雪山、成片成片金色的油菜花，还有那豪放的藏族小伙，漂亮的撒拉族姑娘，以及各族人民纯朴的民风民俗，对我来说都不再会是遥远而陌生的地方了。

　　（补记：在回京的第二天，乌鲁木齐市就爆发了少数疆独分子制造的严重的打砸抢烧事件。有了这次采风的经历，我更坚信这种行径是绝对不得人心的。）

2021 年

李洪海《学艺录》序

　　李洪海先生的书法特色与成就早已得到业内的共识：
用笔刚柔相济，富有弹性和张力；结字俊逸优美，血脉
灵动，既有从恩师启功先生那里传习下来洒脱清丽的儒
雅之风，又有作为军人的勃发英气与雄武之概；章法布
局疏密有度，欹正相依，错落有致。启功先生曾以"舞
鹤游天、群鸿戏海"之语高度评价他的书法艺术，且
云："（此）昔贤论书之语，今观李洪海同志之笔，宛然
如此境界。"故无庸我在这篇短序中再加赘述。

　　我想根据李洪海先生学艺的经历强调以下几点，并
以此与同仁共勉：

　　第一，学艺要有孜孜不倦的勤勉实践。古人云"业
精于勤"，洪海先生上世纪 70 年代就拜启功先生为师，
而启先生一开始就告诫他学习书法绝无捷径可循，第一
是临帖，第二是临帖，第三还是临帖，并用苏东坡戏谈
制作东坡肉的秘方"火候足时它自美"，指出在广泛师

法前贤的基础上自然会形成自家风格，又亲自为他题写了"惜分阴斋"的匾额和前人的名联"宝剑锋从磨砺出，梅花香自苦寒来"以资鼓励。而洪海先生也牢记并实践了先生的教诲，五十年来始终埋头苦练、潜心研习，绝不企求侥幸速成、妄图虚名，这是他最终成功的首要原因。这对很多在浮躁的当今想找一条终南捷径而迅速成名成家的年青人有很大的警戒意义。

　　第二，精艺要有源源不断的综合修养。艺海无涯，学海自然也无涯。诗词歌赋、琴棋书画莫不如此。古人尝云"字如其人""文如其人""功夫在诗外"，都是强调艺术修养达到一定程度后，最终拼的是他的人格魅力和文化修养，启功先生就是最好的典型。而洪海先生之所以崇拜启功先生，把他当成终生楷模和最高标杆的重要原因也源于此。为此他在主攻行书的基础上也广泛研习真草隶篆，并对绘画、篆刻，以至古典诗词都有广泛的涉猎与独到的心得体会，并能把它们触类旁通地融入到书法创作之中，使他的字越来越具有深厚的学识内涵。这一点对很多匠气匠心过重，专以模拟为能事，只顾埋头于笔墨之中的书法研习者也有很大的借鉴意义。

　　第三，重艺要有念念不忘的敬畏精神。任何艺术都有它自身、本源之美以及它的法则和规律。艺术工作者要认清他和艺术本身的关系：艺术是主，从业者是客、是仆。所谓的艺术"创作"只是对艺术本身之美加以不断地发现、挖掘与展示，要始终对它保有一种尊重、敬畏之心；而绝不能反客为主，对它强加涂抹扭曲，更不能为所欲为地玷污它的美质，亵渎它的圣洁。但目前的书法界却存在着这样的乱象，自身的功底还没打好打牢，就急于成名成家、开宗立派，以至以粗头乱服、怪怪奇奇、荒诞不经为美，甚至是以丑为美。启功先生是坚决抵制和反对这种违背艺术规律乱象的，而洪海先生也始终坚定维护这一原则，他始终是老老实实地写他的字，有所创新也决不肯悖传统，他始终是扎扎实实地向着臻于书法艺术本身的规律和美质不断地追求和迈进，而绝不肯走向与之相反的歧途。这一点我觉得尤其值得称道和学习。

七年前，洪海先生为启功先生百帧画作配上诗词举办了一次书法新展，我为之作过一短序，并题诗一首"元伯（启功字元伯或元白）真传能几家，军中幸有一枝花。尊师也学诗配画，洪海新添七彩霞。"今洪海先生又有《李洪海学艺录》问世，嘱我再作一序，于是我便写下了以上几点拙见。最后还是让我以诗作结吧。针对此书的内容，只将上诗后两句改为："终身凝血攻书法，惜织分阴绘彩霞"即可，如此略可体现他珍惜分阴、刻苦攻习书法的精神，并称道他以此织就出一幅幅美妙的书法作品。

是为序。

2021 年

祭悼文

我为钟先生整理诗词集

钟先生带着很多满足走了，钟先生也带着些许遗憾走了。这遗憾之一就是没能亲眼看到自己最看重、最钟情的诗词集出版。他临终前最后的遗言："我还有很多事没做完"，大概也包括这件事。

事情还要从三年前说起。安徽教育出版社准备出一套五卷本的《钟敬文文集》，这虽不是全集，但要把钟先生著述的精华都包括进去。前四卷包括民间文学、民俗学、文艺学的论著及散文作品，第五卷专收诗，其中有一些新诗，大部分是旧体诗词。钟先生最看重这一卷，尤其是其中的诗词部分，因为其他的文章、作品和专著都在不同的时间出版过，惟独这旧体诗词只是零星地刊出，从未完整地发表过。而钟先生本人非常看重自己的诗词创作。他一直视诗为生命，为精神支柱，更视古典诗词为民族的灵魂。他说："诗，这位平生的密友，到底曾经给我什么呢？简要地说来，她锻炼了我的智慧，开拓了我的思想和感情的境地。她教我怎样地观看人生和尊重人生。她教我怎样理会自然和欣赏自然。她教我爱，教我恨，教我忍耐，教我梦想——她是我的逻辑，我的哲学，她是我实用的社会学和伦理学。她使我在艰难的生活经历中能够翘然自立而举步向前。"（引自《历史的公证》一书）他甚至很深情、很认真地说过：百年以后能在墓碑刻上"诗人"钟敬文足矣，可见他对诗歌创造的热情与挚爱。可以说，他的诗词创作正是这种爱憎分明的思想感情的动人写照，正是他人生智慧、人生哲学的生动体现，正是他社会学和伦理学的最好实践——他要用诗来表现对社会的责任和对情谊的感发，用诗来谱写自己的生命之歌。因此，在某种意义上，他的诗比起他的学术文章更能反映他的思想境界和个性特征。

鉴于此，他当然想借此机会把自己一生创作的诗词展现在读者的面前，让读者能看到一个活生生的、有血性的自我。但他实在太忙了，这项工作量又太大了，需要有个人来帮他。可能听说我也喜欢诗词，平时还偶一为之，看起来还算粗通一二；在特意找到我的老师、他的挚友启功先生，并征得他同意后，钟先生便选定由我来完成此项任务。

接到这一光荣任务后，我先是非常激动。我久仰钟先生的大名，景仰他的人品与学识，但我是搞古典文学的，所以再景仰也只能算他的私淑弟子，很难登堂入室，亲聆他的教诲。现在终于有机会向他讨教一些诗学的问题了，而且这种讨教不仅是泛泛的理论上的讨教，而是紧密地结合他的创作实践来进行，这真是天赐良机！于是我立即着手干起来。

但相继而来的却是困难重重。从钟先生那里拿来的诗稿有两大手提袋，里面有各种册页、本子、卡片，还有很多各式各样的单篇稿纸，分装在十几个大牛皮纸信封内，如以页数算足以千数计。而且，除了"文化大革命"以后的作品大多按年代编排外，以前的作品大多都混在一起；最麻烦的是，这些作品又都没有注明年代，有些作品月、日都注明了，但偏偏缺年。我把它们铺在桌上、床上、地上，反复寻找也难排出先后。这使我想起了当年李贺锦囊投诗的故事。钟先生作诗大概像李贺一样，灵感一来就写几句，然后往袋子里一塞；过几天有了新题目又作几句，再一塞；有时不免翻检出原来的纸片，看着不满意再反过来修改一番。天长日久，新作、旧作、原稿、修改稿都混在一起。当初，他可能太相信自己的记忆力了，自己写的诗，还能不知道年份吗？殊不知李贺仅活了二十几岁，他老人家却活了一百岁，时间太长，难免就记不清了。当我一一过录后，想按年代编排时，就成了大问题。还有很多钢笔的手稿，几十年了，早已陈旧不堪，再加上有些是写在那种又糙又黄的纸上，早就洇成一片，无法辨认，所以整理起来格外费力。

　　但一旦潜下心来进行整理，我就进入了一个激情四溢的世界，一行行滚烫的诗句，像是一串串历史的足迹，带我进入钟先生的生命之河去徜徉，带我回到曾经历过和未曾经历过的时代中去漫游。我看到一个热血青年怎样投身到火热的抗敌御侮的战场，看到一个对未来充满憧憬的志士怎样投入到母亲的怀抱，看到一颗赤子之心在受到蹂躏后以怎样坚韧的意志去追求、去奋斗，看到一个饱经沧桑的老人怎样焕发出第二个春天，为他奋斗终生的事业去辛勤耕耘。当别人在战斗后疲倦地睡下时，当别人在受到冤枉伤心地哭泣时，他却八十年如一日地在写诗。这是一部史诗，也是一部心诗，历史的血流和心灵的脉搏在一起涌动。这就是我们的书生，这就是我们的学者，这就是我们的知识分子，这就是我们的仁人志士，这就是我们时代的歌手，这就是我们国家的栋梁！我不能不被这伟大的精神和伟大的人格折服。再看看那密密麻麻的字迹，有的是钢笔，有的是毛笔；有时在一张纸上圈来圈去；有时一沓纸写的是同一首诗，仅是字句不同而已。透过这工整而秀丽的小字，我仿佛看到钟先生苦吟的情景：有时在书房，有时在原野；有时在日光灯下，有时在煤油灯前，……他对诗歌的挚爱与钟情就是通过这一行行诗稿体现的啊！

　　有了这种景仰，困难也就不算什么了，过了一段时间，我就过录完所有诗稿，并做了大体的编辑，剩下的工作就是和钟先生一起核对一些具体问题。进度很慢，因为时间久远，很多他自己也拿不准了。但钟先生并不着急，常常由某一个字扯到诗歌创作的其他问题上，这时我就又增加了一次学习的机会，更多了一份登堂入室的感觉。这样到2001年春编辑工作基本结束，我把最终打印好的八百首诗交给了钟先生，剩下最主要的工作是删选。钟先生屡次对我讲：其实李白、杜甫能让人喜爱的好诗也就那么一些，何必编那么多呢？又说："古人曾经有造诗冢来埋葬废诗的故事。我希望现在的新诗人，每位都有这样一个冢。它可以叫读者节省精神，同时并使自己的荣誉增高。"（引自《兰窗诗论集》一书）我想还是请他自己先删选一下。后来我到香港工作了将一年，回来后每次问钟先生删选的工作进行得如何了，他总答道："不着急，前四卷还没出齐，我手头还有一些诗，等找出来再说。"但钟先生的小屋，书堆积如山，毕竟近百岁的老人了，想翻出不知堆在哪儿的几张诗稿谈何容易。就这样一直拖到去年8月他住院。

　　钟先生住过几次医院，每次都很快出来了。我想这次也会如此。但到了十月份，情形有些不妙。我第一次到医院看他，想商谈一下下边的工作怎么进行，是不是由我先选一下，再由他定夺？正当我在想如何措辞时，他却满怀信心地说："不着急，等我出院再说。"第二次、第三次去看他，他一面感慨没想到这次住院这么久，一面交代我编选的体例，诸如诗词最好分开，以韵分行，坚决删掉那些事过境迁的作品等。第四次，也是最后一次去看他，是 2002 年 1 月 3 日，那天启先生等人发起为钟先生庆祝百岁诞辰活动。这时钟先生的头脑虽依旧那么清晰，但体力已经很差，不能起床了。他见到我后，先再次交代了几句编选的体例，然后一字一字很郑重地说道："你就替我选吧，一切都拜托了！"这时，透过钟先生那稍显浑浊的目光，我看到的、感受到的是由衷的信任和期望。我的心里不由地酸楚万分，莫非老人家已有什么预感了吗？我强忍住泪水说："您放心，我选好后拿来让您过目。"回到家后，我马上就着手删选，明知即使把删选稿打印出来，也无法让他看了，但总想尽快完成这最后的工作。但一个星期后钟先生就溘然长逝了，带着些许遗憾走了⋯⋯

　　钟先生，您尽管放心地走吧，我会把您的诗集整理好，尽早面世，那时更多的人就能更多地了解一个"诗人"钟敬文⋯⋯我怀着这样的心情，在获悉钟先生逝世的夜间，独坐灯下写下了这首《烛影摇红》（又名《归去曲》《忆故人》）：

昨夜笺诗，先生精力尚如虎。

今朝把卷欲重吟，遗墨隔尘土。

热泪不由翻舞。

恨死神、安排错忤。

钟情独在，一卷诗词，不及亲睹。

八百华章，先生自撰英雄谱。

放翁情事杜陵心，未必如君苦。

史诗自当千古。

人心自、为君做主。

诗人美誉，虽未镌碑，非公莫属。

2002 年

恸哭元白吾师

苍天无情，竟不肯网开一面；人生有限，总难避钟鸣三更。吾最敬爱的元白恩师经半载煎熬，数次反复，终竟一朝弃世，永升仙国。

之前，当先生不时梦呓，尚与吾对语之时，吾强装镇静，焦急之泪只能强咽腹中；当先生中度昏迷，呼唤不醒之时，吾手足无措，绝望之泪不由夺眶而涌。当先生少许清醒，吾又生一线希望，每逢庙宇，无不合十，祈祷奇迹之发生；而当先生撒手西去，吾只有仰天长叹，瞻仰遗容，惟有恸哭，痛恨命运之无情……

吾于1978年考为北师大研究生后，有幸分在先生门下，成为"文革"后首批研究生，从此追随先生二十有七年矣。吾资质平庸，学业浅薄，每每不敢以学生自称，更不敢拉大旗作虎皮，到处炫耀，惟恐辱先生之名；而先生仁慈宽厚，不弃愚钝，常常破例以朋友相待，更不弃坏粪土为危墙，时加奖掖，惟望有尺寸之成。于是吾常有幸扣门庭而登堂入室，而先生亦乐得施绛帐而循循善诱。而先生之诱，又与他人迥别。既视学生为友朋，则不正襟授课而促膝相谈。先生称此为"熏"，为"天上一腿，地上一脚"，而大学者之能事尽在其中：谈天说地之际，所流溢者无不是精湛之学问；厚积薄发之余，所包蕴者乃平生积淀之深功。先生自戏为"全都有点"的"杂货铺"，吾则视之为取之不竭的"百科书"，而吾点滴之进步皆由此而得也。每当目睹先生眯眯而笑之眉眼，侃侃而谈之举止；每当聆听先生信手拈来之妙论，如数家珍之例举，吾才真正感受到何谓学问，何谓知识；何谓博大精深，何谓高山仰止；何谓书山有路，何谓学海无涯；何谓师长之诲人不倦，何谓弟子之如沐春风。尤其是先生为吾讲述《论书绝句》《启功韵语》及《口述历史》，吾得以与先生有更深入之接触。先生讲到得意处，或捋颔，或鼓掌，双眼笑成一缝；讲到动情时，或拍案，或捶股，一指点动不停；讲到悲伤时，或扼腕，或摇头，口中连连叹息。先生之性情真令吾可亲而可敬，先生之形象真令吾难磨而难灭，而先生一夕相弃，令小子终身失怙，吾讵能不为之痛哭哉！

　　然吾不敢仅哭其私，吾更为天下恸。先生乃国家之重宝，文坛之大老。先生之书法，独步古今，蜚声海内，俊秀妩媚，清雅流丽，堪执当代牛耳，世人称之为启体；先生之画艺，融会宋元，自成一格，功底深厚，韵味悠长，堪称当代巨擘，世人宝之为珍品；先生之诗词，远承唐宋，自创新体，典雅丰赡，风趣幽默，堪称继往开来之楷模；先生之学问，旁收广绍，集为大成，诸子百家，广为涉猎，堪称无所不晓之通才。总而言之，统而概之，先生可谓当代国学之大师，博学之通儒。诚然，就一门而论，不敢说，亦不能说先生必为当今之第一人，但就综合而论，应当说，亦不能不说当今难得第二位。此天生人才，绝非随便某一时代皆能产生，随便某一人物皆能成就也。如今天丧斯文，巨星殒落，文坛艺界怎能不为之而痛惜！又况先生深孚众望，名重各界，身兼数十要职，实乃社会名流。而先生对社会之关切可谓不负匹夫之责，先生对国家之钟爱可谓不失赤子之心。先生不顾年迈体弱，在政协积极建言献策，于文史馆尽力统筹策划，逢外事应酬得体，遇灾害带头酬款，贡献善举，不一而足。总之，先生无时不衷心祈求国家之繁荣昌盛，人民之安居乐业，世界之和平，民族之和睦。仁爱之精神，释迦之情怀，深切之忧虑，悃款之诚心，真令人感动也！而先生虽身兼众职，其专则一，即教师也，先生生前尝屡言之。先生执教鞭七十余载，育桃李何止千株。又积淀多年之心得，凝为一句之警言，立为校训，警戒师生，曰："学为人师，行为世范"，理念深邃，哲蕴丰厚，一言既出，各校争赞，先生于我校乃至我国教育事业之功劳可谓大矣。如今庭摧大树，朝丧重器，国家社稷怎能不为之哀伤也！

然吾仍不能不再哭其私。先生临终前不久，曾于某文中郑重以"朋友"之谊相许，且引利玛窦之言以释："朋友非他，我之半也"。在先生的"纵容"之下，吾有时竟不知天高地厚，投诗出语不忌戏噱玩笑，先生不但不以为怪，且曰"此乃过得着之语"；亦常讨论生死之事，先生笑曰："吾此次真快'鸟乎'（先生之隽语，即差一"点"就"乌"乎了）了。"吾慰之曰："吾也许更早'鸟乎'也。"先生嗔曰："尔竟敢抢班夺权？"吾辩之曰："黄泉路上无老幼。"初，先生为吾考辨曰："东坡与其弟诗'与君世世为兄弟，又结来生不了因'，前一'世'当为'此'形近之误。"吾心悦诚服曰："谨受教。然不妨藉以发挥曰；'与君此世为师生，又结来生不了因'。"先生大笑，以为默契。乌呼！"昔日戏言身后事，今朝都到眼前来。"先生执意西去，也罢，先生已故相知之亲朋早在那里等候；学生暂留人世，无奈，学生此生不解之问题再到彼岸请益。

学生哭送，先生好走。言不尽意，继之以诗：

道德文章间世英，一朝零落涌悲声。

幸临半朽门墙树，得沐三春桃李风。

天丧斯文长已矣，我失其怙且偷生。

落花流水东风逝，再结来年未了情。

2005 年

绵绵无绝期的追思

敬爱的启先生，不知不觉间，您离开我们已经一百天了。"别肠如转轮，一日一万周。"这一百天，我们的心情正像您在诗中引用过的韩愈的这两句诗所形容的那样，无时无刻不是在对您的深切思念中度过的。我们痛苦，我们感伤；但我们知道，我们不应仅仅痛苦和感伤。我们应该再为您做点什么，再为和我们抱有同样心情的人做点什么。于是我们努力，我们奋战，在您"百日祭辰"的时刻，把还带着墨香的两本纪念册《启功先生悼挽录》和《启功先生追思录》献到您的灵右，同时也献到读者的手上。

启先生，其实，从您仙逝的那一刻起，我们就已经决定编辑这两本书了。因为我们预料到您的逝世定会引起巨大的社会反响。果然这种反响比我们预料的还要强烈。七千多人纷至沓来，到灵堂吊唁您，七千多人从海内外赶到八宝山为您送行。这里边既有高级领导、专家学者、亲朋故友、亲炙和私淑的弟子学生，也有很多素昧平生的仰慕者，有的就是最普通不过的市民和农民。九十多岁的郊区老者独自赶了上百里路来了，为的就是在您的遗像前鞠几个躬；不知姓名的"的哥"来了，鞠完躬留下一句"用车随时叫我们"质朴得发烫的话；七八岁的孩子来了，懂事地在他们崇敬的"祖师爷"面前默哀；您生前不愿夺他们饭碗的那些造假者也来了，有的痛哭流涕地跪在您的遗体前向您忏悔，这一幕幕情景现在想起来都令人动容。您是著名的教育家、国学大师、诗人，这早就得到举世的公认，而这些动人的场面说明，您不但是象牙塔里的学者，也是深受广大人民热爱的人民艺术家。当年苏轼曾说，他可以上陪玉皇大帝，下陪卑田院的乞儿，而这生动的一幕又在您的身上再现了，您受到上上下下所有人的热爱和景仰。

　　这些悼念的人们不但带来一份份沉重的心情，还带来一副副、一首首、一篇篇热切而真挚的挽联、挽诗、纪念文章。这些诗文由衷地赞颂了您的学艺成就和高尚品格，真切地抒发了对您逝世的悲痛之情。这里面既有著名专家学者的足以流传千古的优秀之作，也有一般作者略显稚嫩的作品，但我们觉得，不管出自谁手，他们奉献上的都是一份沉甸甸的值得永远珍惜的感情。于是，我们逐一地将这些纪念文字搜集并记录下来，又经过一暑期的整理编辑，终于在您"百日祭辰"时奉献给您及热爱您的人。这是我们在悲痛之余唯一能略感欣慰的事情。

　　也许您在天堂又会用手捻着下巴调皮地说："我哪儿有那么乖呀?"或者用双手不断搓着脸颊谦逊地说："予小子何德何能，如此有劳诸位，岂不折杀我也?"启先生，您又过谦了。这些诗文都是大家的真心话，人民的评判是最可靠的历史记载；人民的评判是最权威的最终裁决，它最具有教育意义。我们在编辑这两部纪念册时就不断地受到深切的教诲和强烈的感染。当我们读到介绍您如何当堂应对、信手拈来、如数家珍地谈学论道或即席赋诗的文章，我们不禁为您的博学多闻所倾倒；当我们读到介绍您在那艰苦的岁月，如何啃着窝头带领学生参观故宫的文章，我们不禁为您对学生的一片赤诚之心所感动；当我们读到介绍您在那风雨如磐的时代，如何在十多平米的破旧小屋发愤著书、笑傲苦难的文章，我们又怎能不为您坚强的意志和超脱的胸怀所感动? 而究其所以令人感动的根本原因，是您那所独具的令人景仰的品格。您虽不在了，但读着这些文章，您的音容笑貌犹在，我们仿佛又亲见亲闻了您的教诲，感受到了您的人格魅力。我们如此，他人亦必如此；今天如此，以后亦必如此。每篇诗文虽然都是点滴的事情，但总合在一起就体现出一种"现象"和"精神"。您已经创造出一种值得深思的"启功现象"，您更建树起一种令人崇敬的"启功精神"。这种"现象"令人深思，这些探讨"现象"的文字也将令人深思；您的"精神"永在，这些纪念"精神"的文字亦将与您同在。它将给我们及后人留下一份永恒的历史遗产。这就是这两部书的价值。

启先生，我们在《悼挽录》和《追思录》的前言中写了这样一段铭文："先生之望，浩浩泱泱。先生之风，山高水长。先生之在，学艺有纲。先生之去，举国皆伤。举国皆伤兮热泪滂滂，热泪滂滂兮化为文章。化为文章兮可以永藏，可以永藏兮地老天荒！"启先生，这是我们的肺腑之言，请您在天堂接受我们这份真诚的情谊和菲薄的奠礼吧！

　　　　写于启功先生"百日祭辰"及《启功先生悼挽录》
　　　　《启功先生追思录》发行之日，2005 年 10 月

恩师元白公周年祭

维丙戌仲夏某日，弟子赵仁珪谨以浸泪短文一篇稽颡于恩师元白公新墓之下，而祭之曰：

呜呼，时光何其速也！去年之今日，先生之灵魂化为一缕青烟，辞别尘世，羽化而登仙；今年之今日，先生之骨灰移于一仌石棺，永驻泉壤，蜕化而长蜷。路人咨嗟于坟圹，弟子泣拜于墓前。去年之泪未尽，今年之泪又添。真可谓天地无情人有情，日月有还人无还。

然而先生亦可以安息矣！先生之墓，后倚西山，前临玉泉，左植松柏，右通陌阡。玉泉之水可以浸其润，西山之风可以输其鲜；陌阡之通可以便其吊，松柏之寿可以助其坚。而先生之碑状似生前用功之砚，先生之铭乃用生前自撰之言。瞻生前用功之砚，先生一生事业与成就苍天可鉴；读自撰墓志之铭，先生一生性情与品德永世可传。先生亦可以无憾矣！

然吾终有小憾：先生原居小乘之蜗庐，仅方丈之宽，客至则需促其膝而侧其肩，而吾有幸能叨陪末座，常听先生娓娓之清谈；今归大乘之浮图，更不及方丈之半，四周则杂碑林立而冢相连，而吾无缘再寻觅片席，永伴先生漫漫之长眠。然吾亦知此不足为憾也！先生生前之博大不在俗而在仙，先生死后之魂灵不在地而在天！吾将来总可以永享与先生在天之清欢。正所谓"永结无情游，相期邈云汉"！

尚飨！

2006 年

启园记

　　启功先生乃当代间世之奇才，难再之大师。其雄深雅健之书法时称"启体"，风靡海内外，荣膺书协之主席；空灵蕴藉之绘画亦曾享誉画坛，实为中国画院开创之元老；眼力与学力独绝之见识，无愧国家文物鉴定委员会之主任委员；继承与创新兼善之诗词，堪称当代古体诗歌创作之翘楚；德高望重、文富才赡，文学、史学、小学、文献学、佛学无所不通之品学与中央文史研究馆之馆长，故宫博物院、中国佛教协会之资深顾问，西泠印社之社长名实正相副，而多届全国政协之常委更乃众望所归。

　　而先生终身仅以"教师"自居，而令我北师大师生倍感自豪与亲切者，先生乃我北师大之教师也。先生于此持木铎、振金声七十载；洒雨露、育桃李逾万千。"学为人师，行为世范"，不仅是先生为我校所题之校训，亦可谓先生为我校所树之楷模。先生之去，盖有年矣，然于后学心中，先生之风采历久而弥新，先生之声望逐日而倍增。我等深知先生之可钦可敬，不在头衔虚位之多少，而在道德文章之宏博；先生之崇高价值，不在死时石碑浮词之赞誉，而在身后口碑真情之流播。为表此衷情，值先生百年华诞之际，我北京师范大学珠海分校与广东校友会共同倡议并集资于分校园内筹建此"启园"，陈列先生慈颜之铜像、法书之石刻、生前之著作、昔日之照片，创肃穆之学术气息，建浓郁之文化氛围，供师生于此缅怀先哲之风范，瞻仰大师之崇高。此亦我校践行尊师重道之盛事，弘文重道之雅举也。

赞曰：启园依山傍水，竹木繁茂，正可谓人杰而地灵。噫，徜徉于凤凰之高岗，岂不仰止仁者之博大与深宏？流连于未名之溪水，岂不景行智者之才华与聪明？徘徊于萧萧之竹海，岂不钦慕洁者之气节与高行？漫步于累累之荔林，岂不感慨师者之关爱与恩情？噫！游此园也，可以增后学之学养，承先哲之遗风。祝我启园高山流水春常在，祝我启园物华天宝万年青！

2011 年

祭启功先生逝世一纪文

维公元 2017 年清明之日，先生门下之亲朋、弟子及"启功研究会"在京之会员，谨具鲜花素果祭告于万安公墓先生之灵前。祭曰：

呜呼！时间飞逝，倏忽间先生弃世已十二年矣。世上最无情者，乃为时间，它可令世人冷漠淡忘；然世上最有情者，亦为时间，它可使历史见证辉煌。昔先生于亲朋弟子之关爱既深且厚，故亲朋、弟子于先生之思念不减反强。先生温和之声常响于耳畔，先生慈祥之容频进于梦乡。清明时祭奠者不绝如缕；平常日花之海簇于墓旁。先生之遗泽正可谓"容仪不远人争仰，桃李无言蹊自长"。先生于我等之恩惠直如东风化雨，我等对先生之思念直待地老天荒。此即是现实的一段传奇，此即是历史的一束霞光。

此情此景，推而广之，又何尝仅限于吾等身上；其势其理，概而言之，终演变为一种"启功现象"。此

"现象"于先生生前已蕴积待发，其"热度"于先生逝后愈发增长。纪念文集如雨后春笋，书画展览令万众争往；书院、书屋、研究会纷纷成立，网络、传媒、影视剧竞争时尚。噫！"景行行止，高山仰止"，先生之高行有如大路，人皆竞趋：先生之人望有如高山，众皆景仰。

然凡先生之亲朋、弟子、研究会之成员，既要维护"启功之热"长久不衰，更应推进"启功之学"得以发扬。先生之书画既是传统的宝库，又是集大成、难"世出"的创新殿堂；先生之学术既有微观之妙论，又有博返约、兼众长的宏观考量；先生之诗文能将艺术学术化、学术艺术化，从而成为融通二者之桥梁。而凡此种种皆离不开先生完美之人品与崇高之精神，此正是今人所云之"德艺双馨"，古人所云之"道德文章"。

虽然，我等之才学难窥先生万仞之宫墙，然于当今传统文化复兴之时代，我们定会继承先生之遗志，尽一份应尽的责任与担当。我们要把您的成就汇入到时代的大潮中奏出合响，我们要使您的精神像您墓旁的松柏那样永远轩昂，我们要使您的影响像西山的白云那样传布四方，我们要使您的形象像您的墓碑那样永放光芒！

先生之灵尽可在上天含笑矣，尚飨！

2017 年清明前夕具草

纪实文

诗人启功

一　启先生背诗

　　要写"诗人启功"，为什么先从启先生背诗写起？因为这最能揭示启先生的诗人天赋和诗人功底，从一个很直观的侧面表现出他的诗人才华。

　　启先生背诗的功夫确实惊人！和启先生有过一两次接触的人都知道，启先生随便聊天就能聊出很多学问，脱口而出就能引出很多诗词，好像这些诗早已变成他语库中的常用词汇，可以任意驱使，无不如意；好像这些诗早已融化到他周围的各个角落，俯拾即是，信手拈来。

　　启先生至今还清晰地记得祖父抱着他坐在膝上背东坡诗的情景，背诗成为他幼年的功课，他也非常喜欢这门课，虽然不懂，但那优美的韵律使他着迷。他至今还能逼肖地模仿祖父教他吟诵时的腔调，据他说，那腔调有点大鼓书的味道，高兴时，他还会吟上几句。他说吟诵的好处就在于使诗歌变得更优美，也能使背诵者多一层听觉上的刺激，记得更牢。因此举凡《诗经》、汉魏六朝诗、唐宋诗词、元明清诗词，以至近现代诗词中的许多名篇，乃至稗官野史中的打油诗他都能脱口而出。更令人钦佩的是，有些在很多专搞古典文学的人看来都算是生僻的作品，他也能照背不误，真不知他到底能背下多少诗。

就以杜诗为例，除那几十篇常见的篇目，启先生还能成组的背下《秋兴八首》《咏怀古迹五首》《诸将五首》等七律作品，对他并不喜欢的《八哀诗》他也能背出很多句子。我曾为启先生的诗词作过注，发现他的作品中曾化用了十几处杜诗的成句。如"佳句少陵频误诵，野人相赠满筲笼"，后句是直接引用《野人送朱樱》的；"试问少陵葛郎玛，怎生红远结飞楼"，后句是直接引用《晓望白帝城盐山》的；"石栏点笔坐题诗"是点化《重过何氏五首》"石栏斜点笔，桐叶坐题诗"的；可见这些诗他都烂熟于心，而这些诗都不是所谓的"名篇"。

我还曾向启先生请教过六言诗的格律问题，为此事先准备了一些六言诗。但到他那之后，他马上脱口给我背出好几首六言诗，并写下四首，为我逐一讲解。这四首分别是王安石的《题西太一宫壁二首》："柳叶鸣条绿暗，荷花落日红酣。三十六陂春水，白头想见江南。""三十年前此地，父兄持我东西。今日重来白首，欲寻陈迹都迷。"以及苏轼的《西太一见王荆公旧诗偶次其韵二首》:"秋早川原净丽,雨余风日清酣。从此归耕剑外,何人送我池南。""但有尊中若下,何须墓上征西。闻道乌衣巷口,而今烟草凄迷。"说实在的,我也算忝居唐宋诗词研究者之列,但对这些诗只是有印象而已,根本背不出来,在启先生面前只有汗颜而已。

　　一次,我为了赶写一篇论禅诗的文章,想举几首一般研究者很少提到的、意境上禅趣浓郁而字面上又不带禅语的作品,以证明禅诗的研究可以扩大诗歌研究的领域与视角,但苦于找这样的例子太费时间,于是就去请教启先生。不想他一口气就给我举出好几首:"渡口和帆落,城边带角收。如何茂陵客,江上倚危楼。""汉公尝说惠泉诗,解讲楞严解赋诗。今日我来师已去,草堂风雨立多时。""西风吹破黑貂裘,多少江山惜倦游。红叶正霜天欲雁,绿蓑初雨客吟秋。""朱楼深处日微明,皂盖归时酒半醒。薄暮渔樵人去尽,碧溪清嶂绕螺亭。"他当时只提到第一首的题目是陆龟蒙的《夕阳》,其余则说"问则不知,用则不错",这是他在记不清出处时常用的口头语。但这对我足够用了,这几首诗确实符合我所期望的那些条件,回来一查,其余几首分别是路振《题惠泉师壁》、宋伯仁《秋晚》、苏轼《虔州八境图八首》其四,都是不常见的诗。我不知要花多少时间才能解决的事,在启先生脱口之间就解决了。

　　说起启先生背诗的本领,还有几个极有说服力的佐证：

启先生的世交溥心畬先生，是近代著名的诗人、书画家，早年曾出版过《西山集》，但可惜的是，后来的诗词稿本大部分已经遗失，很多作品不为人知。但其中的《落叶》四首却靠着启先生杰出的记忆力得以保存，事情是这样的："这是先生一次用小行草写在一片手掌大的高丽笺上的，拿给我看，我捧持讽诵，先生即赐予我了。归家珍重地夹在一本保存的师友手札粘册中。这些年几经翻腾，不知在哪个箱中了，但诗句还有深刻的记忆。现在居然默写全了，可见青年时脑子的好用。"（见《启功丛稿·题跋卷·溥心畬先生南渡前的艺术生涯》）至于《落叶》四首的原文，亦见该文，文长不再过录。

一次，在访日期间，启先生遇到世交陈曾寿的孙女陈文芷女士，她说带来一首她姑夫赵朴初（陈曾寿的侄女婿）最喜欢吟诵的一首陈曾寿的诗，启先生说："你不必说了，必定是陈老先生的《泪》。"随即吟诵道："万幻唯余泪是真，轻弹能湿大千尘。不辞见骨酬天地，信有吞声到鬼神。文叔同仇唯素枕，冬郎知己剩红巾。桃花如血春如海，飞入宫墙不见人。"陈女士不禁大惊，"你怎么知道是这首，还能背下来？""这不奇怪，因为陈老的这首诗写得太好了。"说罢，二人不禁开怀大笑。

最近，我偶与启先生谈到旅顺、大连景物，启先生说："那里有一座白塔山，是当年日俄战争的战场，日本的乃木希典率日军曾在此与沙俄血战，付出六个师团的兵力，最终攻占了此山，在一个小石碑上刻上了他作的一首诗：‘山川草木转荒凉，十里腥风新战场。征马不前人不语，金州城外立斜阳。’”我惊奇道：“这样不被人注意的诗您怎么也能背？”启先生说，那是1979年他到辽宁博物馆时，顺便游览白塔山，看到这首诗，觉得写得挺好，就背下来了。

　　我曾问过启先生，背诗与作诗有什么关系？启先生说关系太大了。喜欢，才去背；背多了就会在脑子中形成一个套路，不但词汇、句法上，而且构思、情调上自然而然就会受它的熏陶，这比任何高明的老师教都管用，俗话说“熟读唐诗三百首，不会吟诗也会吟”嘛！如果只学、只背一家，顶多落个酷似而已，不会有大出息，这样的例子在文学史上太多了。只有转益多师，才会融合各家之长，形成一家之风。验之启先生的诗作确实如此。在唐宋之前，启先生最喜欢的是《文选》中的古诗，唐宋最喜欢的是老杜、乐天、东坡的作品，于是《古诗十九首》之高古、老杜之精练、乐天之轻松、东坡之才情横溢都在他的诗中得到充分的展现。

　　这里想多谈一些元明清诗的影响。启先生能背下大量的元明清的诗，如元代的虞集，明代的前后“七子”，清代的吴伟业、钱谦益、王士禛、袁枚，以至并不以诗名的沈周、姚鼐等人的作品。他对这些诗有一个总体评价，认为它们都是学唐音，虽有模仿之嫌，但都精美流丽，正像有人评价王士禛的诗是"清秀李于麟（攀龙）"那样。而清人、明"七子"的清秀，又都直接导源于元代虞集等人。启先生很多古雅的诗，特别是年轻时的诗，常是学这一路数，清雅摇曳，风华蕴藉，即使老年所作的《近见沈石田与诸友唱和落花诗，文衡山以小楷录为长卷，因拟之，得四首》，通过描写落花，含蓄地咏叹了那动荡时代不同人的命运，仍然带有很明显的清初诸大家的特点。为了更清楚地说明这一点，不妨举一个启先生亲自谈到的例子："一次，自己画了一个小扇面，是一个淡远的景色。即模仿先生（指溥心畬）的诗格题了一首五言律诗，拿着去给先生看。没想到先生看了好久，忽然问我：'这是你作的吗？'我忍着笑回答说：'是我作的'。先生又看，又问，还是怀疑的语气。我不由得笑着反问：'像您作的吧！'先生也大笑着加以勉励。这首诗是：'八月江南岸，平林欲著黄。清波凝暮霭，鸣籁入虚堂。卷幔吟秋色，题书寄雁行。一丘犹可卧，摇落漫神伤。'这次虽承夸奖，但究竟是出于孩子淘气的仿作，后来也继续仿不出来了。"（《溥心畬先生南渡前的艺术生涯》）据我看，不是仿不出来了，而是不再为一人、一派的风格所限了。

二　启先生论诗

启先生虽没有大部头的"诗学""诗论"的著作，

但作为一位诗词大家，他对诗有非常独到、非常深刻的见解，值得我们学习，有些见解甚至可以成为今日诗词创作的准则。

启先生论诗非常注重音韵格律。他的总观点可以概括为"平仄须严守，押韵可放宽"十个字。启先生认为严守平仄是中国（汉语）诗歌的必然特点，因为汉语是属于有声调的汉藏语系，而诗歌不仅是供人阅读的案头文学，更是供人诵读的泛音乐文学（至于乐府、词曲更是纯音乐文学），因此就必须利用汉语固有的声调变化的特点，以造成音调上高低起伏、抑扬顿挫的变化，从而达到美诵与美听的效果。否则岂不白白浪费了这个特点？如果把诗篇比成一座美丽的殿堂，那不等于把优美的浮雕当成砖头来乱砌吗？我们的先人自古就发现、利用了这一特点和优点，才创造了具有民族特色的中国诗歌。有一种观点认为中国的声律学是起自六朝沈约等人，而他们之所以发现四声的特点又是在翻译佛经时受到梵文的启发。启先生对此坚决反对，认为这是典型的崇洋媚外之论。为此启先生从《诗经》《楚辞》以至《史记》中举出大量的例证，证明古人早就在诗中甚至是散文中注意到语言的声调搭配，只不过到六朝时逐渐找到声调的最佳组合，逐渐形成了规律。至于律句的几种基本格式，别人早有论述，但都没有启先生的理论来得简明形象，启先生发明了"竹竿"说，他把平平仄仄平平仄仄不断排列的音节比喻成一根竹竿，只要能从竹竿上完整截下来的一段都是律句。以五言为例，从第一字截到第五字为平平仄仄平，从第二字截到第六字为平仄仄平平，从第三字截到第七字为仄仄平平仄，从第四字截到第八字为仄平平仄仄，从第五字截到第九字又回到第一字到第五字的情况，因此五言律诗只有四种标准句式。推而广之，用这种截竹竿法可以截出三言、四言、六言、七言的所有律句。这真是智者之着数、才人之伎俩，能把那样复杂、深奥的问题如此简单地就解决掉。

启先生教授和写作中也特别强调这一点，可随手举几个例子：

启先生在讲解四声时曾举过《世说新语》之例：王粲喜欢驴叫，死后魏文帝令吊唁者"各作一声以送之"，启先生讲："难道这只是魏晋人的怪诞吗？非也，因为驴叫声中含有四声——驴'恩啊、恩啊'的叫，那'恩'就是平声，'啊'就是上声，叫到最后的'啊'就是去声，之后还要'特、特'的打两声响鼻，那就是入声。"说罢亲自按四声学驴叫，听者无不大笑，大笑之后又无不佩服启先生这机智而幽默的解释。

文学史有一个长期难以解决的公案：谢灵运有"池塘生春草，园柳变鸣禽"两句诗，虽然写得不错，但无论如何也到不了千古名句的地步，可自古以来人们都津津乐道它，甚至把他捧上了天，如果把这些评论辑在一起，足可凑成一本书。但据我看来，没有一个能真正切中要害。启先生对此又有高明的解释："据《考工记》

郑康成注：'春'有'蠢'读之音"，即'春'在这里应读上声，所以两句就成为平平平仄仄，仄仄仄平平的标准律句，这就和钟嵘把"置酒高堂上"和"明月照高楼"推为名句一样，都是从声律的角度着眼的。我觉得这种解释最为合理。

我曾经写过一篇评论钟敬文诗论和诗作的文章，题目叫"诗笔诗心两兼之"，启先生看后说："为什么不叫'诗心诗笔两兼之'呢？这样多顺口，多合律啊？"可能为了解脱我的尴尬，又说："我这也是一病（指力求合声律到了几乎挑剔的地步）。"我听了以后，丝毫没感到启先生在挑剔我，而是深感自己在这方面的迟钝。后来我又写了一篇介绍古典文学教研室的历史与展望的文章，题目叫"曾经沧海，更上曾楼"，启先生看后，说这题目起得好，我想这也包括它很合律吧。平时我和启先生谈到诗时，他十分注意纠正我不合律的读音，如我读成"一番（fān）洗清秋"，启先生就加重语气地读作"一番（fàn）洗清秋"，我读成"今宵酒醒（xǐng）何处"时，他就加重语气地读作"今宵酒醒（xīng）何处"。总之启先生非常注重读音的合律，而听启先生诵读诗词，听那抑扬顿挫的声调，本身就是一种享受。启先生甚至说，其实不用听一个人讲，只听他念，就能看出他的水平，这真是行家之论！

至于用韵，启先生认为可以放宽，他戏称自己很多诗作于生病住院期间，因此来不及查韵书，只好按北京

人所说的"合辙押韵"来顺口溜，其实押韵本为求声音
的回旋之美，适当地照顾今音是完全必要的，所以他的
总结："用韵率通词曲，隶事懒究根源。但求我口顺适，
请谅尊听絮烦。"不啻为今日通用的准则。

　　启先生论诗还特别强调传统的寄托、比兴的手法及
形象化的表达。

　　我想举一个钟敬文先生与启先生的不同观点来说明
这一点。文学史上有很多文人"不相能"的故事，"不
相能"不是不相容，更不是文人相轻，反之，恰恰证明
他们之间友谊深厚，可以求同存异。钟先生非常称赞启
先生的诗人才华，有些诗还求启先生为之打磨；启先生
非常欣赏钟先生的规矩老到和勤奋刻苦，有些音韵上的
问题还向他请教。但钟先生自诩某些诗，特别是抗日战
争时那些战地诗是启先生所作不出的，他认为诗是应该
密切结合现实的。启先生则认为诗不应太直接地叙写时
事，不应太就事论事，而要把它化为一种生活感受和思
想情绪加以抒发。公允地说，这两种观点都对，也都有
它们的传统。启先生的诗也不是不反映时代与现实，只
是另一种写法。如《杨柳枝二首》：

　　绮思馀春水一湾，流将残梦出关山。
　　王孙早惜鹅黄缕，留与今朝荡子攀。

　　青骢回首忆长杨，玉塞春迟月有霜。
　　一样春风吹客梦，独听羌管过临潢。

　　这两首诗表面看来和传统的咏柳抒别毫无二致，但其含意远非如此简单。此诗作于1944年汪精卫死于日本之后，第一首"流将残梦出关山"指汪精卫最后叛离祖国，"王孙"指清末摄政王载沣，"荡子"指日本人，当年汪精卫刺杀摄政王，未遂被捕，摄政王反而保释了他，才给他留下日后投靠日本人的机会，成了日本人任意摆弄的工具，而汪精卫本人则像是"这人攀了那人攀"的"杨柳枝"。第二首"玉塞春迟月有霜"是说东北沦陷后一直没有明媚的春光，后两句用典：当年金灭北宋，曾扶植刘豫傀儡政权，刘豫失宠后被迫徙于金人指定的临潢，并死于此，这和汪精卫最后被弄到日本，并死于日本一样。请看，这种种时事多么巧妙地被关合到咏柳之中！谁说启先生不写时事呢？只是写法不同罢了。

　　启先生的诗不但讲究寄托，而且注重形象组合。启先生认为诗是非逻辑的，因此"妙义难从句下求"，更不能坐实地去解释句中的字义。他在一首咏杜甫的诗中这样写道："主宾动助不相伴，诗句难从逻辑求。试问少陵葛郎玛，怎生'红远结飞楼'。"诚然，"红远结飞楼"确实不能用"葛郎玛"（语法）来解释。我最近正在为启先生的诗集作注，有时总想把句义解释得更明确一些，就刨根问底地问他到底是什么意思，他就笑着说："你又来了，说实在的，我也很难表述清楚，因为它不是一件事，而是一种很难言的感情。"每到这时，我就感到我太胶柱鼓瑟了。

启先生论诗还有很多精彩的观点，如对用白话入诗及幽默风格的提倡，他不忌讳自己的诗是打油诗，也不惮别人说他的诗是"油腔滑调"，这些观点都是很大胆的。又如他对许多著名的诗人都有很独到的评论，《论诗绝句》和《论词绝句》所列甚详，毋庸我多言。这里仅举一条随笔，他说："唐以前的诗是长出来的，唐人诗是嚷出来的，宋人诗是想出来的，宋以后诗是仿出来的。"短短几句话，难道不可以当一部诗歌简史来读吗？

三　启先生作诗

我自 1978 年到师大中文系读硕士研究生以来，就常听说启先生的诗名，特别是常听说他诗思极其敏锐，手笔极其快捷，常有古人即席赋诗的雅举。那时中国的外事活动逐渐增多，据说一次某一日本访华团与中方聚会，席间准备了纸笔，一位日本友人用汉语赋绝句一首，号称"即席"之作，并书写下来。中国方面一面称赞，一面略显尴尬，因为事先没料到会有此一手。这时只见启先生走到案前，提笔掭墨，略加沉思，竟步其原韵一口气连和了两首，大为中方争回了面子，也算是"外交史"上的一次小小的胜利吧。只可惜我只是听说，并没见到原诗，那时和启先生还不熟，也没机会问个究竟，等后来熟悉了，再问，启先生也记不清了。

留校后，和启先生的接触越来越多，亲眼见到这样的机会也越来越多，印象最深的有这样几回：

1995年我的一位书画家朋友要开一个书画展，想请启先生为之揭幕，以壮声威，恰巧启先生住进医院，无法前往。当我到医院看望说起此事时，启先生说，"那我就给他作首诗，算作表示吧。"说罢翻出一张B4的纸和随身带的方便毛笔。我见启先生要"即席"赋诗，便退到一旁，心想看看他到底有多快。正巧小几上有花生米，我便一颗一颗拈起来慢慢吃。只见启先生在纸上落笔时并不是逐行逐字地写，而是断断续续、时前时后地写。我想那一定是先把斟酌好的写下来，正当我这样想时，又见启先生陆陆续续地把空出的字很快填上，于是一首字迹优美的七言绝句便写好了，这时，我的花生米正吃到第二十五颗。诗曰："健笔真行溯汉分（汉分即汉代书法，隶书），墨池春涨起玄云。更将余兴描山水，传得中华大地文。"这在启先生的诗中不能算上品，所以诗集中并未收录，但也够得上老到工稳、文采斐然了。之后又文不加点地题了一段后跋："志华同志工书善画，近出精品多帧，公诸艺苑。功以伤腿，就医北大医院，未能恭趋展室，一钦雅范，而聆教益。敬拈短句，用志叹仰之忱。"亦是典雅整饬，颇见功力。二者加起来不过用了七八分钟的时间，而且连书法都有了。当年曹植作七步诗的传说人人皆知，但我想那多少有些夸张的成分，否则那七步必定迈得比台步还慢，但毕竟够神奇的了，我常怀疑能这么快吗？今日亲见启先生的诗思之快，才信服世上确有这样的才人。

类似的情况还见过不少。去年，一位篆刻家托人为他的篆刻作品题词。在两个直径一尺多的圆形石材上，篆刻家密密麻麻地刻上《琵琶行》和《春江花月夜》篆字诗文，用朱泥印到宣纸上，颇似一片"红海洋"。启先生观看少许之后，问了一下作者的名字，便提笔为他题诗，我与那位来客退到一旁，启先生的写作方法仍如上述。大约过了六七分钟，他已在红海洋旁边用秀丽的墨笔字写下了一首七绝："铁笔千秋艺最精，熔金琢玉属神工。士宏学贯周秦业，巨刃摩天刻彩虹。"后有跋曰："士翁王先生精镌钜印，解观为之目眩，因拈俚句以志敬佩，公元二千零二年秋日，启功具草，时目疾未瘳，书不成字，启功。"跋中的"为之目眩"虽略带调侃，但诗写得非常得体，特别是"巨刃摩天刻彩虹"一句，正应"红海洋"之壮观，可谓点睛之佳句。

如果说上两诗还多少带有应酬的成分，启先生因此也不屑于将其收入诗集中，那么下面一首诗则堪称真正的创作。1988 年的一天，一位剑南春酒厂的人突然找到我，声称得到我在四川朋友的介绍，想请启先生为剑南春酒厂题诗，并说第二天一早就要离京。我对这种突然袭击十分不满，但他已千里迢迢地来了，又不好发作，只好耐着性子试一试。当时已是下午五点多钟，启先生说："这需要写成大幅的中堂，你晚上来取吧。"晚饭后，我看到一幅精美的作品已经写好，尺幅还相当大，诗曰："美酒中山逐旧尘，何如今酿剑南春。海棠十万红生颊，都是西川醉后人。"这真是一首"绝妙好辞"，把饮剑南春酒后红光焕发的人比成盛开的海棠，而海棠又恰恰是四川的名花，正应了剑南春是四川名酒的身份，既贴切，又生动，若不是妙手偶得，就是天赐佳句，启先生自己也非常得意，并把它收入诗集之中。据我推算，启先生写这首诗也只花了很短的时间，更多的时间是花在书写上了。令我耿耿于怀的是，事后剑南春酒厂只寄来200元钱和两瓶剑南春酒作为笔润，那两瓶酒还想托我的朋友带来，而千里迢迢的谁有工夫给他带？商人之吝啬于此可见一斑。事后，我向启先生提起此事时，启先生只是微微一笑而作罢。

至于随机应答，信手拈来，不必太讲格律的脱口之作更所在多是。朋友要出欧洲园林摄影集，启先生随手题曰："静坐书案前，如行万里路。多谢摄影家，省我辛勤步。"到连云港游览时，东道主用当地的特产猕猴桃招待，并夸耀本地东临大海，背靠南山，求启先生为他们题联，启先生脱口应道："游连云港福如东海；吃猕猴桃寿比南山。"思路之快令人吃惊，应景之妙令人称奇。

但我们决不要误认为启先生的诗全是这样的急就章。启先生作诗也有极严肃、极认真的一面。

前几年启先生和人谈诗谈到高兴时，经常拿出自己的诗稿给人看，并挑出自己得意的作品给人讲。只见诗稿上涂涂改改，勾勾画画，足见其一丝不苟，经常修改打磨。启先生常说自己的诗最多成于两种时候，一是生病住院时，一是夜里失眠时。前者如《痼疾》《鹧鸪天·就医》《沁园春·美尼尔氏综合症》《赌赢歌》等，后者如《彻夜失眠二首》《失眠三首》《失眠口占三首》《终夜不寐，拉杂得句，即于枕上仰面书之》等，试想，在这"诗成仰面书"中包含了多少心血！举一例可证：《频年》一诗有云："饮馀有兴徐添酒，读日无多慎买书。"据启先生讲，"慎"最初拟作"快"字，又改作"不"字、"戒"字，最后才选中"慎"字。细想起来，只有这个"慎"字，才最含蓄，最能道出老年人又想多读书，又不得不考虑如何才能更好地利用有限的时间去读书的复杂心态。这种反复推敲的研炼，使我们不由想起王荆公锻炼"春风又绿江南岸"诗句的典故。

当年启先生的《启功韵语》《启功絮语》出版后（后来又出版了《启功赘语》），我曾写过一首今韵的打油诗《读〈启功韵语〉〈启功絮语〉》，其中有些描写也许能道出启先生作诗能转益多师，又自成一家；才思敏捷，又不惮反复推敲等种种特点之一斑，不妨移录于下，作为本文的总结：

> 馀事作诗人，三年成两册。开卷目不暇，篇篇映奇色。
> 驱得五车书，纷纷来听喝。拘来古诗翁，奔走门前过。
> 轻松白香山，滑稽东方朔。蓬莱驾鹤仙，曹溪参禅客。
> 西江次第排，竹林散淡坐。义山送精研，东坡献疏阔。

更有杜少陵，诚心输魂魄。掩卷闭目思，毕竟只一个：
风调与音容，分明启元白。幽栖坚净居，吟榻独自卧。
烟云过眼空，笔底吟不辍。更兼性情真，天生多幽默。
敏捷世无双，才高无人和。小诗信手拈，只需一磨墨。
有时稍费时，至多一入厕。也有呕心篇，推敲费斟酌。
所幸常失眠，月下细雕刻。莫嫌住院频，正堪增吟课。
药液如琼浆，滴滴酿奇货。归家病债消，诗稿增一摞。
愿公从今后，精神更矍铄。新诗日日堆，直把楼冲破。

注：先生字元白，这里"白"读如"帛"，先生书斋名"坚净居"。

四　启先生解诗

诗人的心都是相通的。高明的作者，往往是别人的最好读者；最好的读者，往往同时也是优秀的作者，因为他们有着"心有灵犀一点通"的心智、思维、情感。所以往往听不会作诗的人讲一百堂诗词课，不如听真会写诗的人讲一堂课。启先生既然能把复杂真切、细腻微妙的感情化作简洁优美的诗句，也必然能从别人生动凝练的诗句中读出同样丰富的感情。所以听他解诗往往会有很多惊喜之感，有如高明的禅师当头棒喝，醍醐灌顶，直指人心。

如对李商隐《锦瑟》诗的解读。诗曰："锦瑟无端五十弦，一弦一柱思华年。庄生晓梦迷蝴蝶，望帝春心托杜鹃。沧海月明珠有泪，蓝田日暖玉生烟。此情可待成追忆，只是当时已惘然。"此诗自古号称中国第一诗谜，今之论者索性称其为中国古诗中的"哥德巴赫猜想"。为了破解其主旨，大家纷纷立论。有称其为亡妻而发的，有称其为爱妾而发的，有称其为情人而发的，有称其为政治遭遇而发的，有称其为牛李党争而发的，甚至有称其为一篇自述风格的诗论，不下十余种。而且越考证越烦琐，越论述越玄妙，而读者则越读越不得其解。所以元好问感慨道："'望帝春心托杜鹃'，佳人锦瑟怨华年。诗家总爱西昆好，独恨无人作郑笺。"且看启先生是怎样笺释的：

前两句的中心是"五十年"。只不过不是直说，而是由锦瑟上的弦与柱起兴，联想自己逝去的每一华年。第三句的中心是"梦"，只不过加上一系列的装饰语，说自己的梦有如庄子清晓迷离的蝴蝶梦。第四句的中心是"心"，只不过加上一系列的装饰语，说自己的心有如望帝化为杜鹃鸟后啼血的心。第五句的中心是"泪"，只不过加上一系列的装饰语，说自己的泪有如南海明珠，海月可鉴。第六句的中心是"暖"，只不过加上一系列的装饰语，说自己的热情到了能燃烧蓝田之玉的程度。最后两句说不待回忆，当时即已预感到要是一场悲剧了。因此如果剥去所有的装饰，就是咏叹自己半辈子的梦、的心、的泪、的热，以及早已知道的悲剧。只不过没有那些装饰语读起来不像诗，而很多人又恰恰被这些装饰语所蔽，于是产生了种种误解。按这样的解释，说他是咏叹爱情的也可，说他是咏叹自己遭遇的也可，何必那样胶柱鼓瑟，非要说他是专为某一事而发的呢？难道诗人在抒情时非要把自己局限在某一情事之内吗？这真是通达之论，彻悟之论，不但能举重若轻地破解这千古诗谜，而且让人领悟诗歌主旨与装饰之间的关系（详见《古代汉语论丛·古代诗歌、骈文的语法问题》）。

又如对昭君诗的理解。王昭君的悲艳故事自古以来不知感动了多少诗人，他们写下了数以百计的诗歌，有人随手集结了一下，就出了厚厚的一大本诗集。应该说，这里面不乏立意新颖的作品。正如《红楼梦》第六十四回《幽淑女悲题五美吟》写到林黛玉为王昭君题诗，贾宝玉所评："作诗不论何题，只要善翻古人之意。若要随人脚踪走去，纵使字句精工，已落第二艺，究竟算不得好诗。即如前人所咏昭君之诗甚多，有悲挽昭君的，有怨恨延寿的，又有讥汉帝不能使画工图貌贤臣而画美人的，纷纷不一。后来王荆公（王安石）复有'意态由来画不成，当时妄杀毛延寿'，永叔（欧阳修）有'耳目所见尚如此，万里安能制夷狄'，二诗俱能各出己见，不与人同。"但这些"能各出己见，不与人同"的作品到了启先生的笔下又不免逊色，且看启先生是如何解的：他在《昭君辞二首》序中说道："古籍载昭君之事颇可疑，宫女在宫中，呼之既来，何须先观画像？即使数逾三千，列队旅进，卧而阅之，一目足以了然，于既淫且

懒之汉元帝，并非难事。而临行忽悔，迁怒画师，自当
别有其故。按俚语云：'自己文章，他人妻妾'，谓世人
最常衿慕者也。昭君临行所以生汉帝之奇慕者，为其已
为单于之妇耳。咏昭君者，群推欧阳永叔、王介甫（王
安石）之作。然欧云：'耳目所及尚如此，万里安能制
夷狄'，此老生常谈也。王云：'汉恩自浅胡自深，人生
乐在相知心'，此激愤之语也。余所云：'初号单于妇，
顿成倾国妍'，则探本之义也。论贵诛心，不计人讥我
'自己文章'。"真是发前人所未发，道前人所未道，不
但善翻古人意，且堪称用心理学的方法来论诗、解诗。
现在不是提倡文艺心理学吗？启先生虽然没有这方面的
著述，但我想这一解释，可算典型的例证，难怪他自诩
为"诛心之论"呢！

　　启先生对哪些作品可以算某一作家的代表作，也往
往有独到之见。如讲白居易，启先生特别看重这首《勤
政楼西老柳》："半朽临风树，多情立马人。开元一株
柳，长庆二年春。"他说这四句看起来谁也不挨着谁，
全由一系列的名词或名词性词组组成，但里面包含的沧
桑之感、人生体验太深沉了，难得的是，这样沉重的感
情却能如此"轻松"地就表达出来，没有绝大的笔力是
写不出来的，而这正是白居易诗的特点。又如孟郊诗，
以奇险古奥、钩章棘句、讲究思力著称，历来论著者多
以《借车》《秋怀》为例，但启先生特别看重这两首诗：
"试妾与君泪，两处滴池水。看取芙蓉花，今年为谁

死?"（《古怨》）"妾恨比斑竹，下盘烦冤根。有笋未出土，中已含泪痕。"（《闲愁》）前首要与情人相比，看谁的眼泪多得能把芙蓉花（水莲）淹死，想象极为新颖。后首借斑竹咏恨，但不写地上的斑竹，而写未出土的笋根已饱含泪痕，构思确实不同凡响。经启先生这么一讲，我们不是对孟郊思力非凡的特点有了更深切、更直观的感受了吗？但可惜的是，大多数的白居易诗选和孟郊诗选中居然都没选这些诗，看来即使最被有些学者轻视的选本，如果没有真正的行家里手来主持，也是很难编好的，而多一些像启先生这样独具慧眼的人，才能挖掘出更多不被人注意的好诗，正所谓千里马常有，而伯乐不常有也！

当然，作为一个学者，启先生在解诗时，也特别注意考证和音韵。如在一般的版本中，东坡《狱中寄子由》一诗中都作"与君世世为兄弟，又结来生未了因"，启先生对"世世"一词一直有怀疑。他认为这两句诗是建立在佛家思维的基础上——佛家的因果之说认为：有今之因，乃有后之果，而后之果，又为再后之因。推测东坡的原意，这两句是想说今生既为兄弟，这是果，又将成为来生再为兄弟之因。而一般的版本作"世世"，如果为预祝之词，则下句应说"愿结"；如果为已知之数，则下句岂不成了废话？所以不论怎么讲都不通。于是启先生怀疑两"世"字的前一个必当有误，不是形近的"此"字，就是声近的"是"字，但"是"字古代是浊音上声，与去声的"世"终究声调有别，所以最大的可能还是"此"字。后来他托朋友去查影印常熟翁氏所藏宋本《施顾注苏诗》，果然是"此"字。这真有点神了！试想，没有深厚的考据和音韵学的功力，岂能看出这样的问题，又岂能得出如此神妙的结论？又如对南朝民歌《西洲曲》的评价。大多数的人都从意象的优美、节奏的跳跃、修辞的精妙去分析它的好处，而启先生却从它所属的清商曲的音乐性出发，指出音调的优美更是它不可忽视的优点。他对全诗32句进行了详尽细致的分析，指出其中的19句都符合后来标准的五言律句，其余的也多是后来常见的拗句，所以诵读起来朗朗上口。在此基础上启先生指出："'清商曲'是'巷陌歌谣'，也就是民歌。歌唱的方法是徒歌，也就是不用什么音乐伴奏的。所谓'执节者歌'，有人解释为由执持节旌的人来唱。试问巷陌歌谣，不过是牧歌渔唱之类，哪里去找节旌？不难理解，'节'是伴奏的简单工具，也就是打拍的节板。清代唱莲花落和今天数快板的有两种伴奏工具，声音轻而碎的一串小竹片叫做'节子'，两块大竹板叫做'板'，用节或板打出节奏，来辅助歌唱的效果。手拿这类节板来唱，应该即是所谓'执节者歌'。徒歌既没有管弦伴奏，那么在句调中就必须求其本身和谐，才能使听者悦耳。这大概就是古代徒歌读着格外顺口的原因。这种民间徒歌的歌手探索出来的旋律，被文人借鉴吸取，就是六朝诗中那些律调诗句和不完整的律调诗篇的来源。"（《汉语现象论丛·古代诗歌、骈文的语法问题》）这一解释不但解决了《西洲曲》为什么声调优美的问题，而且解决了律调为什么产生的根本原因，可谓要言不烦，探骊得珠。

五　启先生改诗

凡喜欢作诗的人都会有这样共同体会：为别人改诗比自己作诗还难——既要顺着别人的思路，还要把原有的意思改得更好；既要保持原有的语言风格，还要把它修饰得更美。对古典诗词而言就更加困难——它还涉及格律的问题，既要把意思和语言改好，还要让它符合平仄，而这两点往往是很难兼顾的。因此替别人改诗的水平如何，很能从一个侧面看出他作诗的水平。笔者在这方面常遭到尴尬，有些"慕名者"把他们的作品寄来，请求帮助修改，我总是不知从何下手，白白花费很多时间。但启先生却总能应付裕如。

就拿启先生为我改诗来说吧。我最怕别人请我改诗，但又最想请启先生为我改诗，好从中得点真传。第一次拿习作给启先生是在上研究生期间。那时有所谓的"游学"制——第三年学校给若干经费，学生可以外出访学，于是我们揣着一二百块的经费走遍半个中国，边走边写，回来也凑成二十来首，便不揣冒昧地想请启先生看，不料启先生非常高兴，比我交上一篇普通的作业还兴奋，马上说道："拿来我看。"从此，凡有些涂鸦之作都像作业一样交上去。启先生每次也都高兴地为我修改。

　　我真佩服启先生读诗和改诗的速度，反应之快捷与灵敏真令人吃惊。他一边读，一边就用铅笔划出不合平仄的地方，并注明此处"宜用平"，此处"宜用仄"，根本用不着特意地判断，有时索性写上"可改为"某字。如我在为庆祝师大百年校庆时想写一首《行香子》，此词牌上下片最后一句在一个领字之后最好用三个句式相同的三字句，如能有一个重复的字则更妙。我上片最后一句想用"祝"字领起对老前辈、同辈和年青一代的祝福，如果都用一个"者"字，则前辈和年青一代可称"老者""少者"，但同辈就找不到合适的词；不得已，只好写作"祝老人寿，同侪健，少者春"，但自己非常不满意，特别是"老人"的"人"字，"少者"的"者"字，几乎成为没有任何意义的废字，启先生读到这里的时候，马上发现这一问题，只沉思片刻就改成"祝老翁寿，同侪健，少龄春"。下片最后一句我原作"看桃李艳，松竹劲，兰蕙芬"，但"李"字、"竹"字、"蕙"字都用了仄声（"竹"古作入声），不符合严格的平仄要求，我也知道，但苦于找不到更合适的字眼。启先生不但边读边指出这一毛病，而且又很快地改成"看桃花艳，松筠劲、蕙兰芬"，不但平仄协调，而且字面文雅，特别是"筠"字，比"竹"字更传神。我冥思苦想很长时间解决不了的问题，到启先生这里不到一分钟就搞定了，这种敏捷能不令人钦佩吗？有一次我还特意作了一回"测试"，我作了几首《忆江南》词，前边的几首都合于格律，最后一首，实在调不好文意和格律的关系，只好保文意而舍格律，我想即使注重格律的人，受"惯性"的影响，读到这首时也该马虎过去了。不料拿给启先生看时，前边的几首他都没说什么，刚看到这一首，马上说这首为什么错了？反应之快令我吃惊。当时我就想起小时候见到的这样一种情景：倒腾大洋的行家里手，用不着一块一块地看，更不用牙咬，他们可以在左手掌上码一大排银圆，高高地抬起来让银圆往下流，如果发现其中有假的，不等落地，右手一弹，就能把它弹出。启先生当时的反应之快，即如此。

当然，更多的是鼓励，遇到稍好的句子，他一定先拍一下桌子，或伸出大拇指，开怀大笑，连连称好，有时还用铅笔在旁边画上一两个圈，好像小时候写大楷，老师用画圈来夸奖一样。这是对学生的最大鼓励。说来也巧，启先生称赞的那些句子，往往是我本来就最得意的地方，可见不管是指正也好，夸奖也好，启先生都能一目了然。修改之余，他还常语重心长地向我强调改诗的重要性，他说，诗就要不断地"打磨"，虽然不必像某些苦吟者那样"吟安一个字，捻断数茎髭"，但一定要"大胆落笔，细心收拾"，"富于千篇，穷于一字"，学习杜甫"新诗改罢自长吟"，学习陆游"年来旧稿花前改"，学习金人"石鼎夜联诗句细"的精神，尽量把每一个字安排好。这些教导更超出一句一字之得，使人受用终身。至于他只用铅笔改，只注明"宜作"，更充分体现他的谦虚，他只是用商量的口吻和你切磋，而不想强加于人。

说起启先生改诗，不能不提到启先生与钟先生之间的佳话。二老都喜欢作诗，他们的诗集中有很多唱和的作品。他们都住小红楼，经常拄着拐杖互相拜访，而谈话的主要内容就是谈诗，有时还带着自己的新作请对方修改。我曾见到这样一份手稿原件，是钟先生"九五生辰偶书"，诗曰："求仁未得身先老，阅世深来梦易惊。此是暮年心痛处，苍茫欲语仗谁听。"上边工工整整地题道"元白（启先生之字）教授吟正"。启先生为之改动了几个字，诗变成了"求仁既得身非老，阅世深来梦不惊。此是近年心慰处，苍茫一语众人听。"下边恭恭敬敬地落上"后学启功敬改"。应该说启先生是有意地改动了钟先生的原意，钟先生出于一贯的忧国忧民、严于责己的思想，为自己到耄耋之年仍没能完全实现自己的抱负而自疚，而启先生则称赞他德高望重、久经磨难，应该欣慰。但只改动了七个字，便非常得体地改变了原意，启先生的聪明巧妙可见一斑。后来钟先生曾不止一次地和我提起此事，他虽然不能称赞启先生对自己的称赞，但对"易"字改成"不"字，"欲"字改成"一"字却大加称赞。

有趣的是，启先生还经常凭自己的聪明来改动古诗，当然，这决不是游戏，而是为了说明某些问题。他曾以王维的"长河落日圆"为例，说这五个字可以改成十种句式，前三种为："河长日落圆"，"圆日落长河"，"长河圆日落"，它们虽有艺术上的高低之分，但语义上却无分别。第三到第九种为"长日落圆河"，"河圆日落长"，"河日落长圆"，"河日长圆落"，"圆河长日落"，"河长日圆落"。这几句看来不通了，但如果给它们各配上一句，仍能"起死回生"，就像从前有人作了一句"柳絮飞来片片红"成了笑柄，另外一人给他配上一个"夕阳返照桃花坞"的上句，于是下句也成了好句一样。按这个办法可以给这六句各配一个上句，这不通的六句也都可通：1. "巨潭悬古瀑，长日落圆河"——因为"长日"可作"整天"讲，"古"是由来已久之意，"潭"是圆的水，"瀑"是落的水。2. "瓮牖窥斜照，河圆日落长"——从瓮牖（坛子口）中看河是圆的，斜照是长的落日。3. "瀑边观夕照，河日落长圆"。4. "夕照瀑边观，河日长圆落"——河与日俱落，一长一圆。5. "潭瀑不曾枯，圆河长日落"——从不枯的潭水中流出的瀑布是永远向下落的。6. "西无远山遮，河长日圆落"——因为如有远山遮，见到的当是衔山的半日。这些搭配解释虽然有些不免"强词夺理"，但终究可通，只有第十种"河圆落长日"过于拙劣，难于为它圆谎了（见《汉语现象论丛·古代诗歌、骈文的语法问题》）。读者不要认为启先生在做文字游戏，他是为了说明汉语语序颠倒灵活的现象，在特定的语言环境中，同样的词汇进行颠倒组合后就会生出不同的语义。这种现象多数人都能理解，冥思苦想后也能找到一些例证，但通过改诗，把长、河、落、日、圆五字在不同的特殊背景下组合成这么多的花样，实在是匪夷所思，出神入化，没有绝顶的聪明是根本想不到，也写不出的。

又如启先生对很多人，如朱熹者流，抱着封建道德观去解释《诗经》十分不满，于是借助改诗对他们进行讽刺。如《诗经》的第一篇《关雎》："关关雎鸠，在河之洲。窈窕淑女，君子好逑。……"这本来是一首表现婚爱的诗，但《毛诗序》却说："《关雎》，后妃之德也，《风》之始也，所以风天下而正夫妇也。"朱熹更说："盖指文王之妃大姒为处子时而言也。君子则指文王也。……汉康衡曰：'……此纲纪之首，王教之端也。'可谓善说诗矣。"对此启先生讽刺道，何必只说它是歌颂文王呢？给它改一改，还能说它是歌颂尧舜呢！诗曰："关关众雎鸠，聚在河之洲。窈窕二淑女，君子之好逑。"为什么是"二淑女"呢？因为尧有二女，一名娥皇，一名女英，都嫁舜为妃，这样一来，岂不可仿照《毛诗序》和朱熹之流所说，我这是"美尧舜之德"吗？

阳春白雪诗书画，飞入寻常百姓家

——书画之乡萧县走访记

　　2009 年 11 月 6 日至 7 日，我随国务院参事室和中央文史研究馆联合组成的"文化安全"调研组到安徽省宿州市的萧县调查书画创作的有关情况。老实说，要不是有人事先告诉这是"书画之乡"，我对它真是一无所知，但亲见之后所得到的感受，正像课题组组长郭瑞参事所说的那样："震惊"。

　　首先是萧县的群众书画普及之广，水平之高令人"震惊"。萧县地处皖北，经济并不很发达，但据当地有关部门介绍，他们竟有 30 多个书画团体，经常参加书画创作的人竟达 30000 人之多，其中小有名气的已有 3000多人，省级以上的书画协会会员 200 多人。从 1992 年起，他们举办了 4 次艺术节，1999 年还把艺术展办到了北京，并在全国各地以至世界各地举办了多次书画展。他们可以在一周之内征集到 2000—3000 幅新作品，办一个像模像样的书画展。他们主要是在村镇一级的文化站开展活动，如刘套镇在经济并不富裕的条件下拿出 20 万元办起书画社，能书善画的退休老干部郑正先生在这里就培养了 30 来名有相当水平的农民书画人才。萧县书画还特别重视从娃娃抓起。我们参观了萧县实验小学，那里不但特别重视所有孩子的书画教学，还设有书画班，看着他们手持画笔描绘出一幅幅童趣盎然的图画，悬肘悬腕书写出一首首颇具功力的唐宋诗词，我们无不啧啧称赞。此外萧县还有很多的书画培训班，我们就看到在一间只有 20 多平米的房间内有 20 多名学生正在学习油画。我们还参观了萧县的群众书画展，大多数展品都出自这些平常百姓之手，有的就是普通的农民和妇孺，而水平却相当可观，较之北京的一般画廊绝不逊色。他们的绘画作品不仅仅是人们常说的那种"农民画"，而是重笔墨、重意趣、重师承的传统写意，布局严谨，笔墨精湛，意境高雅。不但像我这样的一般欣赏者连连被"震惊"，就连同行的著名国画家郭怡孮先生、著名的美术评论家薛永年先生都不断地称赞画得好，有韵味，有功力。他们的书法作品也不仅仅是一般的习作，而是训练有素的艺术品。就拿十二岁的小女孩张紫薇为她学校所题写的"安徽省萧县实验小学"的匾额来说，用笔之老到精微、结字之端庄秀美，都堪称无懈可击，真令那些满大街乱题的所谓书法家汗颜。我在激动之余口占了两首小绝句：

翰墨淋漓挂满堂，俱怀神采意飞扬。
农家亦有钟王笔，续我国光瓣瓣香。

人杰地灵伴物华，千年沃土自萌芽。
阳春白雪诗书画，飞入寻常百姓家。

　　说这里有"千年沃土"是有根据的。这里曾出土160多方精美的汉画像石，之后白居易、蔡襄、苏轼都在这里播撒过艺术的种子，明末清初又产生了著名的"龙城画派"，近现代又出现了王子云、刘开渠、萧龙士、朱德群等著名的书画大师，从而培育了大量的书画人才，形成了鲜明的地域文化。萧县之所以能成为"书画之乡"，是和这种深厚的文化积淀分不开的。

　　其次是萧县群众热爱书画艺术的自觉性、纯洁性令人"震惊"。他们学习、创作书画完全出于由衷的热爱，并形成了长久不衰的时尚风气。在他们看来，能写会画是光荣，是本事，能得到人们的尊敬，反之，则是一种欠缺。因此许多人家在聘闺女时，必备的嫁妆是书画作品，在举办婚礼时，讲究的不是大吃大喝，而是请当地著名的书画家举行笔会。难怪薛永年先生感叹"装堂嫁女"的唐宋古风在这里历久犹存。这种普遍的风气，这种潜在的意识更促进人们尤其是年青一代更加自觉地学习书画。这里的很多学生，第一志愿是考书画类的艺术院校，并且每年都能考上四五十名。考不上的也不后悔，因为他们学书画本来就是出于热爱，是为了提高自己的文化素质，而没有更多的功利目的。这里也有书画一条街和鳞次栉比的画廊，也有人以卖字画为生，但他们大多抱着自娱自乐的心态来经营，价钱多少并不太在意，所以决没有假画赝品，也没有故意的炒作和过多的商业恶习，顾客可花很少的钱就能买到相当不错的作品。而很多书画爱好者为了提高自己的水平，宁愿省吃俭用，自费到著名的艺术院校进修，对艺术的执著精神着实令人感动。试想，当人们把所有的热情都倾注到艺术时，它所产生的效应必定会大于艺术本身，因为在人们文明素质和文化修养提升的同时，必定会产生更广泛的社会意义，社会治安、社会风气、精神文明的建设也必定会随之提升。

　　而它的社会意义还不仅于此。众所周知，要建设一个健康的文化产业或文化市场，最重要的是聚拢足够的、良好的"人气"。而这种"人气"绝不能靠硬性的捏合而要靠自然的形成。目前我国的一些大城市出现了很多自然形成的"画家村"，如北京的"798"和宋庄等，这无疑是好事。但他们面临的一个共同问题是当地业主与画家之间的经济纠纷，很多初出茅庐的画家因负担不起当地较高的费用而被迫撤出，使好不容易聚拢起来的人气有所消弱。但萧县不存在这样的问题。他们的"人气"不用聚拢，他们天然地、历史地聚在一起，生于斯，长于斯，老于斯，这是多么难得的、得天独厚的优越条件！我们千万不要浪费了这样宝贵的地域资源，埋没了这些历史积淀下来的艺术人才。所以建设一批像萧县这样高水平的"书画之乡",包括与萧县同属宿州市、具有同等水平的埇桥、砀山、灵璧、泗县等地,对开拓我们的文化产业也具有深远的意义。

因此我们应该加大对他们的扶植力度,而加大扶植力度除了政府行为外,还有赖社会方方面面的关怀与培育。郭怡孮馆员称自己的此次之行像是一次迟到的朝圣。确实,从某种意义上讲,这里才是艺术的圣地,这里藏龙卧虎,高手如云,有很多千里马,很多看起来不起眼的人真不比盛名难副的所谓大师差,我们需要更多的朝圣者和伯乐去发现他们。白少帆馆员表示只要有条件,自己愿意以义工的身份到这里教授古典诗词,以提高他们的文化素质。确实,这里有很多的"天生丽质",一旦得到更全面、更系统的培养,就不会"养在深闺人未识"地被埋没了。我们需要更多这样的有识之士,文化界、书画界的同仁们都到萧县去看看吧!

2009 年

抗战八年和我家三代

我的祖父讳锡鹄，生于 1885 年，山东黄县东姜各庄人。抗日战争前是民族资本企业直东轮船公司的股东，在公司中任监察，是典型的中等民族资本家。轮船公司设在天津，合伙人都来自山东和直隶（河北），主要航线也是由塘沽到龙口，有时也跑上海和香港，所以起名为"直东"。抗日战争前是公司经营最好的时期，大约有大大小小十来条船，都是从欧洲买来的二手货。

我的祖父既受过良好的传统教育，也进过济南的工科新学堂，所以既深明爱国之大义，又关切时局之发展，再加上为人豪爽，颇有些侠肠义胆的气概，抗日战争爆发后，他岂肯袖手旁观？那时他最常说的一句话就是"天下兴亡，匹夫有责"。日寇占领华北后，又准备沿津浦铁路南下。为了实践自己的匹夫之责，为了保卫家乡，祖父毅然放弃了在直东轮船公司的工作，回到老家，主动担任了抗日村长的工作。他变卖了老家的家产，买枪组织民团，听说烟台海关有两挺最新造的德国机关枪，他也准备倾其所有，把它买回来。他还把正在北京上学的三个儿子，即我的父亲、二叔、四叔统统叫回来，并亲自送我父亲、二叔去参加抗日游击队，临行前把手里最好的枪送给了他们。我祖母亲手为他们收拾行装，送他们到村口，大家没有眼泪，没有悲伤，有的只是同仇敌忾的热忱和义无反顾的信念，那悲壮的情景现在想起来都令人感动。我四叔当时刚上初中，年龄太小，要不然也一起被送走了。后来日寇打了过来，小小的自发组织的民团当然抵挡不住强大的侵略军，为了躲避日寇对抗日人士的抓捕，祖父只好带领全家投亲靠友，辗转又回到天津。至此老家的家产丧失殆尽。

但还有更大的打击。七七事变后，日本为加快侵略中国的步伐，又在上海发动"八一三"事变，并准备沿长江大举进攻中国南方各省，最后直捣临时国都重庆。为了阻止日寇沿长江进兵，国民政府匆忙间决定征调当时停在上海的轮船，把它们沉在长江口，以阻挡日寇的兵船舰只。当时直东轮船公司一条最好的船恰巧停泊在上海，被列入征调之列。听到这一消息，轮船公司的全体股东，当然包括我的祖父，都毫无怨言，毅然服从决定。可惜的是这一举措并没能阻止日军的进攻，狡猾的敌人绕开了沉船，仍旧开进了长江。在沉船前，国民政府曾许诺战后对沉船进行适当的赔偿，战后也确实进行了这一工作。当时负责赔偿的机构设在武汉，而操纵此事的幕后总头目是孔祥熙。他们告知赔偿可以，但直东轮船公司今后要并入孔祥熙财团之下。我的祖父和公司其他的股东都是一些民主意识很强的人，他们宁肯经济上受损失，也决不愿投靠到官僚资本的门下，于是这笔赔偿金没能拿到，从此公司元气大伤，再加上战争不断，到解放时，公司已经濒临破产了。就这样，祖父和他同事们勤勤恳恳经营大半辈子、曾一度兴盛的公司，以及他们辛辛苦苦积攒的财产，在抗战八年中付之东流了。但我的祖父从来没发过一句怨言，他始终认为这是他应尽的责任。解放后，他的生活已不富裕，主要靠儿女从工资中寄些钱来维持，但每次和我提到这些事，犹只言"国家兴亡，匹夫有责"，对自己的困顿一笑了之，其慷慨凛然之气，犹拂于眉宇间，真令人感佩也。

再说我的父辈。我的父亲名赵树莘，二叔名赵树莼，后改名赵工，四叔名赵树萱。抗战那年，我父亲正好高中毕业，他读的是北京四中，那时的四中就是北京最好的中学之一，他又是四中的高材生，是当年中学会考的第一名。之前，因学业优秀，还曾受到蒋介石的接见。蒋先生还错把他的名字读成了赵树梓。如果一切都按部就班的发展，他考一个最好的大学当如探囊取物一般。我的二叔上的是师大附中，正读高二，也是一名高材生。四叔正读四中的初中。

但抗战爆发了，这血气方刚的兄弟三人都不愿在国难当头时留在北京当亡国奴，都决心离开北京，投笔从戎，奔赴抗战的第一线；正好我祖父号召他们回去，他们便陆陆续续回到山东老家，投奔了抗日游击队。此情此景，真有如当年鲁仲连宁蹈东海而义不帝秦的气概；也有如老舍所写的《四世同堂》的齐家老三，不愿在北京当亡国奴而跑到西山参加游击队一样，只不过齐家仅是一个儿子慷慨报国，而我家却是三个儿子一起决心"捐躯赴国难，视死忽如归"。这是我家永远值得自豪的壮举。

我父亲在晚年写的回忆录中，这样记录他当时回老家的情景："卢沟桥事变后平津通车的第二天，我乘车到天津。……车到中途，上来十几个日本兵，他们在车厢中横冲直撞，一脸凶气，对中国人用胜利者傲慢的眼光扫来扫去。见到这种情况，我心中好像有火在燃烧。我暗暗下决心，在这民族生存的关键时刻，我要挺身而出，决不做亡国奴。到了天津后，我们坐船回老家。在从天津到大海的河上，我们看到三四起漂浮着的麻袋，里面装着战死的中国士兵，被日本人扔到河里，顺流漂走。这种悲惨的景象，我一生难忘。"就是抱着这样的信念，他毅然决然地走上抗战之路。

但不幸的是，回到老家后，我父亲阴差阳错地投奔到国民党领导的队伍。他在部队中编过宣传抗日的小报，搞过联络工作，也真刀真枪地打过仗。但国民党的游击队的战斗力确实比不上共产党的队伍，到1941年，部队就被打散了。父亲准备南下投奔黄埔军校，但遭遇封锁，未能成行，最后只能"投戎从笔"，再去考大学。去大后方学校的路途都被封锁了，他只能再回北京（时称北平），为了坚持不当日本人的亡国奴，便投考了辅仁大学英语系，因为辅仁是外国人办的教会学校，日本人不能介入、干涉。毕业后留在辅仁附中教书，一直干到退休。因为参加过国民党的部队，而所属派系偏又是复兴社，还担任过一些职务，所以解放后留下一大堆历史问题，他始终被当作"特嫌"而内控使用，还被下放劳动改造过好几年。对这些不公正的待遇，我父亲虽有疑惑，却从没发过一句怨言，因为这些都是后来的、中国内部国共两党间的斗争，是自己左右不了的；而面对外敌的入侵，挺身而出，奋起抵抗，是自己当仁不让的责任，即使自己为此付出再大的损失，也无怨无悔。国共两党的那段恩怨正应了一句古训："兄弟阋于墙，外御其侮"。

我二叔的情况完全不同，他早在师大附中时就参加了共产党的外围组织"民族解放先锋队"（"民先"），回老家后，参加了共产党、八路军领导的游击队，虽然主要从事政治工作，但也荷枪实弹和日寇作过战。抗战胜利后一直在军队中从事革命工作，直至离休。我四叔回老家时，年龄还小。稍长后也冒着生命危险，历经一年多的艰难险阻，冲破封锁线投奔到大后方的重庆参加了国民党的空军，以实现自己的抗日大志。后来也成为历史问题，受到种种磨难，但他和我父亲一样，从来不为自己当初的选择而后悔。

　　总之，为了八年抗战，我的祖父付出了全部的财产，我的父亲、二叔、四叔付出了最美好的年华，而父亲和四叔甚至付出了大半辈子的政治生命。但在祖国生死存亡的历史时刻，他们做了自己应该做的事，他们无愧于国家和民族，无愧于时代和历史，他们是我们家族的光荣和骄傲。

　　说到我，应该和八年抗战没有任何关系了，因为我出生于1942年，抗战胜利那年，我才三岁。但也不尽然。一般说来，三岁前的事，谁也记不住，我也不例外。但唯独一件事我记住了，那就是日本的飞机。那时我们住在北京，一天，我正在院内玩耍，只见一架日本的飞机掠过上空。那是一架木壳的飞机，上面涂着太阳旗，当时都管它叫膏药旗。长大才知道，到了战争后期，日本的战略物资已消耗殆尽，才用木头做机身。由于是木制机身，所以飞得并不快，也不高，但越是慢慢地低掠在天空，越是给人留下恐怖的印象。所以三岁前的事，我什么也不记得，唯独清清楚楚地记住了这架涂着膏药旗的日本飞机；而且长大后，经常在梦中梦见这架飞机，梦见它总是从我的心上划过去，直吓得出一身冷汗而惊醒过来。说起日本飞机，我的四叔也有切齿之恨。那还是他在老家时，一天，他爬上房顶玩，突然日本飞机飞来，那可是铁飞机，飞得又低又快，呼啸而来，他甚至都能感觉到强大的气浪向他冲来，惊怕中，竟从房上摔下来，连忙呼救，但那时我的哥哥刚好出生，家里人都忙着生产，谁也没听到，他只好一个人爬回了家，至今还落下腰疼病。这也可以算我和我哥哥这一代人的一点经历或亲见吧。

今年是世界反法西斯及中国人民抗日战争胜利六十周年，我本来就有话想说，而看到日本当局和右翼势力又如此地甚嚣尘上，就更有话想说。

我想对年轻人说，我在这里回忆抗战八年和我家三代的一些经历，并不是想摆我们一家之功，诉我们一家之苦。抗战谈不上什么功劳，那是国民的责任，要说"功劳"，比我们大得多的有的是；抗战遭遇的艰苦也谈不上苦，那是国民应付出的代价，要说苦，比我们更家破人亡的有的是。我是想说，我们中华民族在八年抗战中建立了卓越的功勋，没有愧对我们的祖先和子孙，我们全体人民为它付出了惨痛的用财产、鲜血和生命铸就的代价，这是应该永远牢记的。当然，我更有权利对我的子侄们说：你们的祖辈为你们树立了优秀的楷模，如果再有国难临头，你们应该学习你们的祖辈，即使赴汤蹈火、马革裹尸也要在所不辞。要切记这一点，忘记就意味着背叛。

我更想对军国主义阴魂不散的日本当局和那些千方百计抵赖甚至美化侵略罪责的日本右翼分子们说，烙在每一个中国人心头的战争创伤是很难抹平的，我们家就是亿万中国家庭的缩影。你们只有彻底地承认侵略行径，真诚地承担并深刻地反省自己的侵略罪责，才能得到中国人民的原谅，只此一途，别无出路。其实中国人并不是爱记仇的人，更不希望把仇恨世代相传。中国人历来主张和为贵，历来把"相逢一笑泯恩仇"当作一种高风亮节。但"庆父不死，鲁难未已"，冤有头，债有主，"解铃还须系铃人"，男子汉大丈夫就应该敢作敢当。否则再善良的中国人民也永远不会宽恕你们的罪行！须知种瓜得瓜，种豆得豆，种下的是谎言和傲慢，收获的必然是仇恨和抗争！